COLLECTION FOLIO

Laurence Cossé

Le Mobilier national

Gallimard

Laurence Cossé a publié six romans avant celui-ci, dont *La femme du Premier ministre* et *Le coin du voile* qui a reçu le prix des Écrivains croyants 1996, le prix Roland de Jouvenel de l'Académie française 1997 et a été distingué par le jury Jean Giono 1996.

La clé ne voulait pas tourner dans la serrure. Jean-Léger laissa tomber sa serviette sur le paillasson. À deux mains, ça ira mieux. Mais la clé résistait toujours. Je dois être encore plus crevé que je ne crois. Ces crédits de misère, aussi, cette répartition du rien. Trois semaines qu'on enlève à Versailles ce qu'on affecte à Chartres. Et là-dessus, le coup des mocassins, tout à l'heure. Le regard de Borel.

Vers quatre heures, dans l'après-midi, alors que Jean-Léger refaisait ses additions avec le contrôleur financier du ministère — sous le contrôle de ce cornecul de préposé aux soustractions —, et comme on en était à la quatre-vingt-cinquième minute de joute, tout à trac il était allé ouvrir la fenêtre en grand. Un petit coup de force, non mais. Tu n'es pas le *seul* ici à avoir du pouvoir. Revenant à sa table, il avait surpris le regard de Borel sur ses pieds. C'était un regard de triomphe. Jean-Léger avait deux mocassins à peu près identiques, mais l'un acajou, l'autre *jaune*. Il s'était levé tôt, dans le noir, ça arrive. L'étage entier devait se passer le mot depuis dix heures. Et Borel allait encore lui sucrer vingt millions.

C'est passé, c'est passé. Il regarda la clé comme avait fait Borel, ironie et mépris. Ça marcha. La serrure céda.

Il ouvrit la porte et recula d'un pas. Une puissante odeur de muguet tenait la place. Il retrouva : *Diorissimo*, il vit Marie-Martine. Les bras croisés — nus, les bras, les épaules aussi, le reste en bleu dur.

Elle ouvrit la bouche et il eut la tentation, mais se retint, de s'adosser au mur et de se laisser lentement glisser jusqu'à s'asseoir par terre. Il ne fit que fermer les yeux. De temps en temps, il plaçait deux-trois mots. Mais si, il écoutait. Un épiphéno-quoi ? Non, il ne l'avait pas fait exprès. Il avait oublié. Elle n'imaginait pas ce qu'étaient ses journées. Oublié. Il n'en pouvait plus. Oublié, ce dîner. Ça, pour le coup, c'était exact, ce dîner le rasait. Non, ce n'était pas pour ça qu'il arrivait si tard. Non, il ne sabotait pas tous les dîners de son amie Sonia, il se foutait bien de son amie Sonia. Un aveu, comment ça, un aveu ?

Marie-Martine, elle, en était déjà à cinq ou six cents mots. Elle en avait assez d'arriver la dernière à tous les dîners. Et les dîners, ce n'était rien, un épiphénomène. Le fond du fond, c'était qu'elle n'existait plus pour J-L. Plus rien ne comptait pour lui que son boulot. Elle ne le voyait plus. Il s'en allait le matin avant qu'elle ne se réveille. Elle dormait quand il rentrait le soir. C'était à se demander comment ils avaient pu avoir des enfants. Elle avait seule la charge de la maison, des filles. Le collège, le ravitaillement, la paperasserie, le tennis d'Émilie — les tournois, sa hantise, des samedis entiers en grande banlieue. Tout cela en plus de son travail. Car elle aussi travaillait, hou, hou ! Elle aussi passait la journée à bosser.

Jean-Léger rouvrit les yeux.

« Allons-y, dit-il. Mets ton manteau, on part. Je ne me change pas. Tu as la clé de la Twingo ? À tout à l'heure, les filles !

— Les filles dorment, siffla Marie-Martine. Non mais tu sais l'heure ? Est-ce que tu sais l'heure ? »

Dans la voiture, les rôles s'inversèrent. Marie-Martine se cala l'occiput contre l'appuie-tête et fit mine de dormir.

« Joli, ton nouveau petit truc bleu », dit Jean-Léger avec effort, et sur un ton abominablement faux. Il ne savait jamais s'il fallait dire jupe ou robe. Chaque fois, il se trompait. Inutile ce soir d'aggraver son cas.

Marie-Martine restait de marbre, J-L changea de registre :

« Il faut que tu me croies », se lança-t-il, douloureux, mais sobre — assez bien, cette fois. « Je n'en peux plus. Jamais je n'aurais dû accepter ce poste. Je suis coincé. Tout va s'effondrer. Le pays croule et je ne peux rien faire.

« Quand je pense que, précisément, c'est le côté *défi* de ce boulot qui m'attirait… Une mission impossible ? Moi, chef, moi ! Présent !

« Ce n'est pas compliqué. Ce pays est le plus riche au monde en monuments anciens. Le patrimoine, en France, en théorie c'est sacré. Tout sera fait pour, la nation unanime, et bla-bla-bla, inventaire, études, inscriptions, restaurations — *exemplaires*, toujours exemplaires. En fait, tout le monde se fout des monuments. L'argent manque, par définition, et les vieilles pierres, ça peut attendre. Ce sont bien les seules qui peuvent attendre. On n'a pas le quart du budget qu'il faudrait pour maintenir hors d'eau le patrimoine français — tu m'entends ? Je n'ai pas dit : en état. »

Rétrogradant, il fit râler la boîte de vitesse. Exprès, oui. Se montrer maladroit, touchant. Poursuivit :

« À vrai dire, tout le monde est double. C'est beau, ça, c'est superbe, quand va-t-on se résoudre à entretenir comme il faut ce chef-d'œuvre ? Moi ? Vous voulez rire, je n'ai pas un sou, moi.

Élus, experts, propriétaires, tous y vont de la même chanson. Faites quelque chose, monsieur le patron du patrimoine. Vous allez faire quelque chose ! Le ministre, le cabinet : Vous savez ce qu'il vous reste à faire. Je crie : Mais avec quoi ? Avec quel argent ? Pas de réponse. Je racle les fonds de tiroirs. On bricole. On retape ici un clocher, là un toit. Les autres pourrissent doucement. En vitrine, on ne présente pas mal. Paris est à peu près léché, Chartres et le pont du Gard font illusion. Le reste attendra. On jure le contraire, bien sûr. Soyez sûr que, les plus brefs délais, et re-bla-bla.

« Je m'y épuise. Je passe mes journées appuyé de tout mon poids à la porte de mon bureau. De l'autre côté, ils sont des centaines à pousser, les maires, les parlementaires, les professionnels du tourisme, les propriétaires, la presse, l'Unesco, les sociétés d'histoire locale, les associations de sauvegarde... Je n'y arrive pas.

« Le dernier budget est encore plus serré que les autres. Il y a dix jours, je suis allé me tordre les mains chez le directeur de cabinet du ministre. Il n'y a pas été par quatre chemins. “Tuffeau, vous vous démerdez. Vous faites trois-quatre opérations de prestige, un grand numéro de poudre aux yeux. Je ne veux pas une remarque à l'Assemblée. Prévisions, provisions, projections : vous brouillez bien les cartes. Si un député comprend quoi que ce soit à la répartition des crédits du Patrimoine, vous aurez loupé votre coup.”

« Je n’en dors plus. Tu sais pourquoi je pars au bureau à six heures du matin ? Quand tu dors encore, en effet ? C’est parce que je n’ai pas fermé l’œil de la nuit, que je vais devenir fou, qu’il faut que je sorte…

— Où tu vas, là ? dit brusquement Marie-Martine. Il fallait prendre à gauche, la rue Auguste-Mie. On arrivait au pied de l’immeuble de Sonia, rue Froidevaux. La rue suivante est en sens interdit, on va perdre encore dix minutes. Ah non, je rêve, je rêve… »

Sonia avait un grand sourire carré qui ne retombait pas, « Tu penses, évidemment on vous a attendus pour passer à table, il n’est jamais que dix heures », Jean-Léger prit peur. Il avisa un vieux cocker qui essayait de se camoufler sous le philodendron de l’entrée, se pencha sur lui, « J’adore les cockers », et vit ses chaussures, l’une brune, l’autre pas. « J’adore », redit-il sans plus la moindre conviction.

On attendit un bon quart d’heure avant de passer à table. Sonia s’était évaporée avec Marie-Martine. Il y avait là trois couples, à ce qui semblait, en tout cas trois hommes et trois femmes, en plus du sociologue de Sonia. Jean-Léger vit leur expression de pure haine à son endroit se transformer assez vite en concupiscence. Ils vont me bouffer, pensa-t-il en même temps que : C'est l'épuisement. Il tenait ses deux pieds croisés-crispés sous son fauteuil, le plus loin possible en arrière.

« Qu'est-ce que vous diriez de passer à table ? » demanda soudain Sonia, impitoyable — *lui* demanda Sonia réapparue, à lui seul.

Le feuilleté aux Saint-Jacques était extrêmement sec. Jean-Léger mourait d'envie de réclamer un peu de beurre. Mais Marie-Martine l'aurait tué au retour, il siffla son verre d'eau.

Il aurait bien somnolé cinq minutes, impossible : le grand beau gars, à la droite de Sonia, s'était lancé dans une diatribe, le son à fond. Tout le monde avait les yeux sur lui.

Faisait dans le monument, lui aussi, se rappelait confusément Jean-Léger. Branché cathédrales. Mais pas côté dossiers, lui. Pas côté décideurs. Homme de terrain. Exécutant. N'en pensait pas moins, mais manuel. Quelque chose comme restaurateur, ou sculpteur.

Et les cathédrales, disait cet homme qui les voyait de près, « les cathédrales sont la ruine du patrimoine français. Car elles ne cessent de s'effondrer, par un bout ou un autre. Ici le chœur, là le tympan. Quand elles ne s'effondrent pas tout entières, dans le sable ou dans l'argile, ou ne se vrillent pas sur elles-mêmes. Les cas particuliers sont croquignolets : des arcs-boutants qui boutent dans le mauvais sens, des piliers fasciculés qui s'ouvrent en bouquets, des statues-colonnes lassées de l'immobilité… Une légende veut que les cathédrales soient des merveilles techniques, inébranlables. La preuve, elles ont été les seules à tenir le coup dans les villes bombardées. On mélange tout. Ces constructions énormes ont la résistance des énormes constructions. Pour autant elles sont loin d'être parfaites. Elles ont été bâties au pifomètre, avec un culot monstre mais des savoirs et des instruments médiévaux. Trouvez-moi une cathédrale sans échafaudage, je vous en offre la réplique en chocolat, grandeur nature.

« Et ça vacille, et ça s'effrite. Et on restaure. On dépense des sommes folles à consolider ces prétendus chefs-d'œuvre.

« Tenez, la restauration de Notre-Dame. Vous avez vu, Notre-Dame est en chantier depuis 91. Coût de l'opération : près de cent millions de francs. Coût de *cette* opération. Car à peine ce programme de travaux sera fini, le suivant s'ouvrira.

« Tout cet argent, d'ailleurs, est loin du compte. Pour bien faire il faudrait le budget de la Défense nationale. On ne peut que parer au plus pressé. On court d'un évêché à l'autre, on rattrape au vol une tour qui descend, on retient du dos et des épaules une façade qui craquelle.

— Ça, c'est vrai, intervint Marie-Martine. Dans la voiture, en venant, Jean-Léger me disait justement... »

Jean-Léger l'interrompit d'un regard noir.

« Les cathédrales engloutissent à elles seules le quart du budget de restauration des monuments historiques, assenait l'homme qui s'y connaissait. Et pendant ce temps-là, des milliers de monuments *secondaires*, entre guillemets, des châteaux, des églises, des vieilles villes disparaissent pan par pan.

— Alors ça, dit Marie-Martine, décidément d'accord, Jean-Léger, tenez, sa grand-mère...

— Tu te tais, Marie-Martine », aboya Jean-Léger, mi-féroce, mi-douloureux.

« Les cathédrales sont la ruine de la France, résumait l'expert. Et le comble, c'est qu'elles sont moches, pour la plupart d'entre elles.

« Deux sur trois des cathédrales françaises sont moches. Qui sait, d'ailleurs, combien il y en a, au total ? Allez, dites un chiffre.

— Soixante », lança gaiement Sonia. La conversation prenait un tour un peu grave, c'était à elle de détendre l'atmosphère. « Vous savez que Jean-Léger Tuffeau est le directeur du Patrimoine au ministère de la Culture ?

— Je sais », dit le spécialiste, plutôt plus sombre encore. « Alors ? Soixante ? Qui dit mieux ? Personne ?... Eh bien, il y a cent soixante-dix cathédrales en France, au bas mot. Vous n'en revenez pas, et pour cause. Sur le lot une vingtaine, allez, une trentaine valent le déplacement. Vous trouvez que j'y vais fort ? Vous vous trompez. Vous allez voir. Combien en connaissez-vous, de ces fameuses cathédrales ? Combien en avez-vous visitées ? Allez, c'est une question que je pose à chacun d'entre vous. Combien vous, Parisiens cultivés, amateurs de belles pierres, connaissez-vous de nos cathédrales ? »

Il va voir, rigolait déjà Jean-Léger. Paris, Chartres, Beauvais. Rouen. Euh. Albi. Ça fait… Non, ce n'est pas possible. Amiens, je connais Amiens, je l'ai vue de l'autoroute, une fois, sur sa colline. Est-ce que c'était Amiens, ou Arras ? Sur une éminence, à quinze, vingt kilomètres de l'autoroute ? Reims, quand même. Bien sûr, Reims. Je ne suis pas certain d'y être allé, mais on peut dire que je connais la cathédrale de Reims, avec le sourire, l'ange. Total…

« Vous voyez, triomphait le bonimenteur. Vous ne dépassez pas dix. Si je vous dis Lille, Aire, Dax, Laval, Moûtiers, je ne vous demande pas de l'avouer, mais vous découvrez à l'instant que ce sont des villes à cathédrale. Et vous avez raison, car les cathédrales en question ne méritent pas le détour. Elles ne sont pas les seules. Il y en a de bien plus connues et non moins vilaines. Lyon est laide, Moulins de bric et de broc, Angoulême bizarroïde, Bordeaux mal fichue, avec son entrée introuvable.

« Mais ça ne fait rien, une cathédrale, c'est sacré. Pléonasme. On ravale Lyon, on recolle Bordeaux. On ne compte pas, pour des cathédrales.

« Seulement on ne pourra pas le faire indéfiniment. Savez-vous ce que ça coûte, une tour, par exemple ? On va refaire la façade de Saint-Pierre, à Nantes. Eh bien, rien que pour la tour sud, il est prévu vingt-cinq millions de francs. Deux milliards et demi de centimes, vous ne rêvez pas. Pour consolider une des tours d'une cathédrale inconnue, et à juste titre.

« Le coût des restaurations ne fait qu'augmenter. On sera bientôt à la limite des capacités des pouvoirs publics. Il va falloir trouver autre chose, je ne sais pas, vendre un certain nombre de nos cathédrales à qui en voudra, aux Japonais, au sultan de Brunei. Privatiser, quoi. Créer des fondations. Sinon, il n'y aura qu'à laisser tomber. Laisser crouler les cathédrales sans intérêt. Les cent pompes à milliards que personne ne va jamais voir.

— Vous êtes inénarrable, dit Sonia. Avec tout ça, le fromage s'est arrêté à vous. En voulez-vous ? Heureusement que le dessert n'est pas un soufflé au Grand Marnier. »

« Prends le volant », avait dit J-L à M-M, à une heure du matin (pour M-M, c'était une loi : « Désolée, mon vieux. Quand on arrive les derniers, on part les derniers »). Jean-Léger dormait debout.

Mais deux heures plus tard, couché, il ne dormait pas. Il se repassait en boucle la grande scène du bellâtre. Quelle enflure, ce — comment, déjà ? Merlebel ? D'un suffisant, avec sa petite idée provocante. Et Marie-Martine en extase.

Cent soixante-dix cathédrales à quinze millions le chœur. Vingt millions la flèche. Cent mille francs le chapiteau. Les additions se multipliaient toutes seules.

Les chiffres étaient exacts. L'homme de terrain avait une vue d'ensemble du problème, il fallait lui reconnaître ce mérite.

Exact aussi que Saint-Jean, à Lyon, n'avait aucun intérêt. Rambert, le sous-directeur des Monuments historiques, s'était marié là, en septembre. Pendant toute la messe, des pigeons avaient traversé et retraversé le chœur. Il devait y avoir des trous partout. Dix mille francs le trou. Tiens, cela faisait huit cathédrales, Jean-Léger connaissait Lyon, aussi. Disons-le, laide, c'était un fait. Lyon la ville n'aurait pas perdu grand-chose à perdre sa cathédrale. Un chevet en bord de Saône qui prenait l'eau tant qu'il pouvait. Une rose et des verrières abominablement fragiles. Elle y aurait même plutôt gagné.

On n'avait qu'à nommer ce Merlebel à l'Abandon des cathédrales. Président de l'Office national de l'Abandon des cathédrales. Lui qui en tenait pour les politiques sans démagogie. Il subjuguerait le Conseil des ministres. Le Budget en serait fou. On tirerait un trait sur cent cathédrales ratées.

Et Blasne serait sauvé.

Six mois plus tôt, quand Marie-Martine avait enfin obtenu de lui, après quinze ans de mariage, qu'il lui fasse faire le tour de l'Yonne de son enfance, Jean-Léger n'avait pas voulu retourner à Blasne. Il était resté à l'hôtel, à Tonnerre, le temps qu'elle aille voir ce qu'on pouvait en voir. Il l'avait prévenue, on n'approchait plus du château. Les pierres tombaient, le département avait fait poser des barbelés tout autour.

Marie-Martine était revenue émue. Elle n'avait rien dit de sa visite, Jean-Léger ne savait que trop ce qui l'avait touchée. Elle avait préféré le faire parler. Puisqu'on n'accédait plus à l'intérieur, peut-être pourrait-il lui décrire ce fameux vestibule, cet escalier unique. Elle lui avait passé le bras autour des épaules. Ils étaient devant le petit hôtel, sur un banc de bois blanc, dans les fleurs. Lui n'avait même pas eu à fermer les yeux, il connaissait son Blasne. Il pouvait en parler des heures.

L'extérieur était pour le moins austère, une espèce de donjon à base octogonale. Mais l'intérieur…

On passait la grand-porte, et on était dans la magie Renaissance. Un bruit d'eau emplissait la salle, amplifié par ses dix mètres de haut. La source, au pied de l'escalier, coulait depuis des siècles. On avait construit le château autour. À l'origine, Blasne était un rendez-vous de chasse des comtes de Tonnerre. Le site avait été choisi pour sa vue : l'œil balayait trente kilomètres à la ronde. Mais la source avait dû être décisive, une source énorme, qui faiblissait à peine, l'été. Cela compte, quand on est vingt chasseurs, cent piqueurs, cent chiens. Cela comptait au point qu'on avait construit le château entier comme en hommage à cette source. L'architecte était inconnu. Sans doute avait-il été tué, ainsi qu'il est de règle dans les *Mille et Une Nuits*, après avoir posé la dernière pierre de cette gageure aux correspondances savantes et aux clés secrètes. Le soleil n'entrait pas et il faisait très clair. Au milieu de l'octogone, il y avait le bassin, octogonal aussi, et à partir de lui, semblant sortir de l'eau, l'escalier à vis, ajouré, de cette pierre blanche qui blanchit en vieillissant. Sans doute était-ce ce plan unique qui créait la résonance si particulière du bruit du jet tombant dans son bassin et réfracté dans la maison entière.

Toute son enfance, Jean-Léger s'était endormi dans ce bruit. Tous les matins, il s'éveillait avec. Pour lui, la mer était une petite chose. Le bonheur : cette eau, jour et nuit, ce bassin de marbre et cet escalier-arbre. Il n'avait pas idée du coût de ce bonheur, des sommes englouties dans ce puits de lumière, des dettes accumulées par sa grand-mère. Blasne avait été donné à un sien aïeul par la comtesse de Tonnerre, il n'imaginait pas qu'il pût sortir de sa famille.

Jusqu'à la guerre de 14, le domaine incluait des terres, cent hectares, trois métairies. Près de vingt personnes y vivaient. Les hommes savaient à peu près tout faire, comme alors les cultivateurs. Ils retapaient et rejointoyaient ce qui bougeait au château même, ils grattaient, peignaient, crépissaient. Mais la Grande Guerre finie, vint la dévaluation des fortunes terriennes. On vendit terres et métairies. Le classement de Blasne, en 1950, dont on avait espéré le salut, finit de rompre l'équilibre. D'un côté, les pouvoirs publics prenaient en charge la moitié des gros travaux de restauration. De l'autre, ils exigeaient que ces travaux fussent faits dans les règles de l'art, c'est-à-dire au prix fort : jamais l'entretien de Blasne n'avait coûté aussi cher à ses propriétaires.

Jean-Léger avait quatorze ans quand le château fut mis en vente. Au même moment il apprit ce qu'avait payé sa grand-mère, à l'âge de vingt ans, pour garder Blasne et continuer d'y vivre. Son père, à elle, n'avait plus le sou. Ses deux frères étaient morts dans les tranchées. Elle se retrouvait fille unique, il lui fallait faire un mariage d'argent. Elle épousa en 20 un notaire de Semur qui engloutit son bien dans Blasne, à son tour, sans que le mariage de ces sacrifices fît jamais un sentiment tendre.

Le notaire mourut à Dunkerque en 40, laissant lui aussi une fille unique, qui elle aussi se maria pour ne pas porter Blasne seule à bout de bras. Jean-Léger naquit en 60. Mais son père n'avait pas de goût pour la gêne, non plus la passion de Blasne, on ne pouvait pas rêver indéfiniment, il poussa à la vente.

Le château mit dix ans à trouver preneur. La grand-mère de Jean-Léger ne survécut pas à cet abandon, ni le couple de ses parents. Jean-Léger lui-même essaya d'oublier l'Yonne, il étudia avec fureur, à Dijon, à Paris, il s'efforça de regarder la mer comme quelque chose qui émerveille *tout le monde*.

Il avait vingt-trois ans quand le département se résolut à faire l'acquisition de Blasne, pour le principe, et quatre sous. Du moins espérait-il voir le lieu reprendre vie. Mais quinze ans s'étaient écoulés depuis, les conseillers généraux n'avaient su que laisser le château se dégrader encore, l'enfermer dans des barbelés, et dire : Nous n'avons pas d'argent. Ils venaient de cerner Tonnerre d'une déviation à quatre voies où J-L et sa femme avaient roulé, seuls, entre des talus pharaoniques. Mais pour l'extraordinaire château de Blasne, ils n'avaient pas d'argent.

Jean-Léger voulait s'en aller. Il n'aurait jamais dû revenir par ici. M-M avait demandé vingt-quatre heures de grâce. Elle voulait voir Tanlay. Tanlay partait par plaques. Encore un château fabuleux, dans ses douves, de taille, celui-là, qui faisait peine à voir. Les communs XVIIe avaient les toits crevés. Ancy-le-Franc, tout proche, était fermé à la visite, cet été 98 : il y avait péril à y entrer, ni plus ni moins. À Tonnerre, la fameuse fosse Dionne, cette autre résurgence alimentant un autre bassin, était bien tenue, fleurie, mais les plus vieilles des maisons, autour, les plus belles menaçaient ruine. Les corneilles avaient investi les charpentes à ciel ouvert. L'église Saint-Pierre, au-dessus, était fermée, ses vitraux cassés, sa pierre noire.

« Allons-nous-en », répétait Jean-Léger. Tonnerre, c'est là qu'il était allé en classe, à vélo, à partir de la sixième.

Sur l'autoroute du retour, il consentit un détour jusqu'à Sens. Le contraste le rendit fou. La cathédrale et ses abords étaient dans un état parfait. Jean-Léger n'avait pas poussé le constat jusqu'au bout, alors. Mais cette nuit, six mois plus tard, il n'en voyait plus que la conclusion. Merlebel disait vrai. Avec le budget dévolu à Sens chaque année, on aurait pu recrépir Tanlay, réparer ses communs, rouvrir Ancy-le-Franc, rendre Tonnerre présentable et relever Blasne. Les cent Blasne comptant pour rien dans la seule Bourgogne nord.

« Vous avez raison, criait Jean-Léger, lâchez-moi ! C'est un plan monstrueux, mais on n'a pas le choix, vous avez raison. »

Il ouvrit les yeux. Marie-Martine le secouait sans particulière invention ni tendresse.

« J'y vais, dit-elle. Il est huit heures vingt. Tu n'es pas malade, au moins, pour avoir dormi aussi tard ?

— Je ne crois pas, non. Mais j'ai passé une nuit pénible. J'ai dû m'endormir vers sept heures, j'ai entendu les poubelles à sept heures moins le quart. À ce soir, oui.

« On n'a rien, ce soir ? » ajouta Jean-Léger, trop tard. Il n'eut pas de réponse.

Il trouva sa secrétaire en haut de l'escalier, à la machine à café de l'étage, comme d'habitude en compagnie de la secrétaire de Rambert, la dame chic à escarpins plats. Ces deux-là formaient le couple le plus improbable du ministère.

« Un café, monsieur Tuffeau ? dit son Anaïs, affectueuse. Vous n'êtes pas malade, au moins ? C'est la première fois depuis un bail que j'arrive au bureau avant vous.

— Je vous attends », dit Jean-Léger sans marquer le pas.

Anaïs le suivit. Si elle n'avait eu son gobelet à la main, elle lui aurait pris le bras jusqu'à sa porte. Il n'avait pas l'air frais.

Il enlevait son manteau qu'il lui disait déjà :

« J'ai une course à vous demander, ce matin. Il faudrait me trouver une somme sur les cathédrales. Je ne pense pas qu'il y ait ça ici, vérifiez. Et puis vous irez voir à la Documentation française, ou à la librairie du Louvre, vous savez, sous la pyramide. »

Il avait sorti quelques billets de sa poche, elle les prit avec simplicité.

Elle alla mettre sa parka et rouvrit la porte.

« Bon, ben à tout à l'heure. »

Tuffeau regardait son courrier et ne leva pas les yeux. Anaïs eut un petit regret. Avec son jean orange et ses baskets roses, la parka vert fluo faisait bien, printemps dans l'hiver. L'ensemble aurait remonté le moral à ce grand morose. Encore que. Il lui en fallait, à celui-là, pour le dérider.

Elle revint deux heures plus tard, refit une tentative, gardant sa parka sur le dos malgré l'honnête chaleur du ministère, et eut confirmation de son hypothèse pessimiste. Son boss ne réagit pas plus que si elle avait été en tailleur gris.

« Je vous ai pris ce qui m'a semblé le plus complet », dit-elle, sortant les trois volumes du *Moyen Âge* de Georges Duby de deux sacs transparents et néanmoins frappés du double logo, Louvre en gros et, en petit, Musées nationaux. « Je ne vous cache pas que financièrement, vous étiez loin du compte. »

Jean-Léger fronçait les sourcils.

« Vous m'avez mal compris, dit-il. Ce n'est pas ça que je voulais. »

Tu t'es mal expliqué, corrigeait à part soi, très calme, Anaïs.

« Il me faut un catalogue des cathédrales françaises, disait Tuffeau. Quelque chose de très sobre, genre annuaire. Avec un plan et une reproduction de chaque cathédrale, quand même. Une ou deux pages par cathédrale, voyez, ce serait parfait. »

C'est *ça* que tu appelles une somme, observait Anaïs.

« Rapportez-moi les Duby là où vous les avez achetés, dit Tuffeau. L'histoire des cathédrales, la mentalité médiévale, tout ça, c'est grand public. Je voudrais quelque chose de beaucoup plus technique, vous comprenez ?

— Je comprends, dit Anaïs. Enfin, j'ai l'impression de comprendre. Je vais aller voir si ça existe. En attendant, je me sens très grand public, tout d'un coup. Je garde les Duby, si vous n'y voyez pas d'inconvénient. M'ont l'air remarquables. Je les prends sur ma cassette, évidemment. On fera les comptes à mon retour. À propos, je ne suis pas sûre d'être revenue avant le déjeuner. Cette librairie du Louvre, c'est la seule au monde, à ma connaissance, où il faille faire la queue pour entrer : elle est considérée comme une annexe du musée. On peut faire beaucoup de reproches à l'État français, mais pas celui d'être commerçant. »

Curieuse fille, se dit Jean-Léger une fois encore. Très difficile à étiqueter. Vulgaire, non, ce n'était pas le mot. Justement. Peu commune. En tout cas, assoiffée de culture comme personne dans les milieux dits cultivés.

Un soir où il était allé avec Marie-Martine à l'inauguration de l'exposition d'art chinois, au Grand Palais, à l'invitation du Crédit du Nord, ou Lyonnais, il était tombé sur elle, en fuseau fuchsia. Elle s'était débrouillée pour se faire inviter aussi. Le jeudi, elle pliait bagage à six heures précises pour arriver à l'heure à son séminaire sur Maître Eckhart.

Elle rapporta à son patron un *Dictionnaire des cathédrales françaises* en 2 vol., 197 p., 214 p., 172 pl. qui, lui, fut agréé. C'est peu dire. « Ne me dérangez sous aucun prétexte, ordonna Tuffeau. Annulez ma participation à la réunion de seize heures à l'Unesco, et reportez tous mes rendez-vous. Dites que je suis en tournée sur le terrain. Une urgence. »

Cet après-midi-là, Jean-Léger Tuffeau éplucha son *Dictionnaire* et se convainquit de l'excès de cathédrales en France.

Dans le bureau voisin, Anaïs Azaïs était plongée dans la somme de Duby et nageait dans la félicité.

Elle était née à deux cents mètres de Saint-Pierre-et-Saint-Paul, à Troyes, une seule tour et deux saints patrons qu'elle saluait matin et soir sur le chemin de l'école. Pour elle, il n'y avait pas plus beau que cette façade qui lui était apparue sous tous les éclairages, par tous les temps, à toutes les saisons. Même ses dix mois de crise d'adolescence n'avaient pas eu raison de cet attachement. Toutes ses années troyennes, elle s'était endormie avec, au fond de l'oreille, l'écho des derniers coups du bourdon, à dix heures ; elle avait été réveillée par sa première volée, à sept.

Elle était entrée dans le Duby par le chapitre intitulé « Éros ». Un peu sec, mais bien. Elle remontait depuis le tome 3 à l'envers, priant les grands saints Pierre et Paul de détourner Tuffeau de toute idée de l'appeler.

Pierre et Paul firent une fois de plus la preuve de l'entregent de leur tandem. Tuffeau avait mis en service le répondeur de sa ligne directe, il n'écoutait même pas les messages qui s'y tassaient. C'étaient bien deux cathédrales sur trois qu'on pouvait supprimer sans scrupule. Ce Merlebel avait le sens des proportions, il fallait lui reconnaître cette qualité aussi.

Il y avait d'abord les horreurs XIXe, sur qui personne ne verserait une larme : les Chalon, Belley, Lille, Marseille, Moulins, Digne, et d'autres, beaucoup d'autres, néo-byzantines, néo-romanes, néo-gothiques ; un peu plus costaudes, ces néo-, que les archéo-, mais à peine. Auxquelles on pourrait ajouter Montmartre et Saint-Augustin, Lisieux, Fourvière, d'autres, bien d'autres, qui pour n'avoir pas le titre de cathédrale en avaient la taille et le poids.

Pouvaient sauter aussi tous les meccanos composites du genre de Toulouse, bricolée sur sept siècles, du XIIIe au XXe ; les siamoises à nef double, Fréjus, Grenoble et autres Aix-en-Provence ; les monstres, tels que Metz, partant dans tous les sens et ne rimant à rien. Et les cathédrales à l'envers, commencées ouvertes à l'ouest et achevées ouvertes à l'est, quand ce n'était pas l'inverse : Nevers, Agde, Saint-Pons de Thomières. Les tordues : Quimper, Saint-Lizier. Les bancales, avec une tour au lieu des deux prévues : Auxerre, Meaux, Soissons, Troyes. Les mal fichues, Viviers, Laval, Vienne, Rieux, Sarlat, Saint-Malo. Et les restaurées en dépit du bon sens par des mythomanes à la Viollet-le-Duc. Châlons, Dijon, Le Puy, Mirepoix, Bayeux, Évreux, Lyon, Montpellier, Nantes, Vannes. Les saccagées au XIXe, comme Bordeaux par Combes (l'architecte), Angoulême et Périgueux par Abadie. Les martyrisées comme Saint-Flour (œuvre collective).

Sur le lot des cent soixante-dix, Chartres ou Beauvais étaient des exceptions, Noyon, Coutances : des perfections gothiques et mythiques, à quoi l'on assimilait sans raison les autres. Avec Albi, la singulière, et les belles méridionales, plus Autun, Langres, les romanes, c'étaient quelques dizaines en tout qui méritaient le nom de cathédrale, et la vénération qui s'y attache. Les autres, non, grands dieux. Les cent autres, en aucun cas.

Jean-Léger leva la tête. Anaïs Azaïs le regardait, dans l'embrasure de la porte, depuis un certain temps, semblait-il. Elle sourit.

« J'ai frappé deux fois... Il faut que j'y aille. Je ne voudrais pas être en retard...

— On est jeudi ? demanda Jean-Léger.

— Non, vendredi. C'est exceptionnel, j'ai une projection. Le prochain film de Maëlstraum, il paraît que c'est excellent.

— Bon.

— Il y a eu une trentaine d'appels au téléphone. Voilà le relevé.

— Je vous remercie. Eh bien, bonne soirée. À demain.

— À lundi, corrigea Anaïs.

— Comment ça, lundi ? On n'est pas vendredi, que je sache.

— Vendredi, si, bientôt sept heures. Nuit noire depuis un bon moment. Faites un tour à l'étage, vous n'aurez plus de doute : il ne reste plus que vous et monsieur Rambert. »

À dix heures, lorsque Jean-Léger rentra chez lui, rue du Sergent-Hoff, il trouva un mot dans l'entrée, par terre, sur la moquette.

Je suis à la projection du film de Maëlstraum. Tu as dû oublier cette invitation-là aussi. Je t'ai appelé quatre fois dans l'après-midi, mais tu avais mis ton répondeur. Je dîne avec Edwige, après le film. Les filles sont chez maman jusqu'à demain matin, tu t'en souviens (certainement).

M-M

J-L finit son *Dictionnaire* devant une boîte de thon à la basquaise — ne finit pas la boîte.

Il dormait quand Marie-Martine revint à son tour, tout excitée d'avoir dîné avec Edwige, certes, mais encore Maëlstraum et sa bande, sympa comme tout, chez Io, le sushi branché de la rue de Berri, où Depardicu et Carole Bouquet s'étaient joints à leur groupe.

Jean-Léger fut debout le premier. Il sortit les cartes routières du placard aux valises et en étudia deux, puis une, sur la table de la cuisine, devant un, puis deux cafés, puis un troisième, qu'il laissa refroidir. Il avait ouvert le tome 1 du *Dictionnaire* à la page 7, celle de la carte des cathédrales en France, et posé la boîte de sucre en morceaux sur la page 6, en guise de cale. Il restait juste assez de sucres.

Marie-Martine apparut à neuf heures, dans un grand T-shirt blanc, les genoux nus, aux anges. « Gérard, mais une simplicité ! Et Carole... Incroyable. On s'appelle par nos prénoms, j'ai l'impression de les connaître depuis des années. Ils nous ont invités sur le tournage du *Balzac* de la Une, Edwige et moi. Tu es gentil d'avoir préparé la carte. Quelle heure est-il ? Ça va, j'ai le temps. Montre un peu, à côté d'Arpajon... Un château qui s'appelle Courson.

— Non, ça, c'est la carte de Haute-Normandie.

— Normandie ?

— J'ai une tournée à faire à l'ouest de Paris. C'est pressé. J'attendais que tu sois levée pour te prévenir. Je te sers un café ?

— Une tournée ? Et mon tournage ?

— Attends, tu n'étais pas en train de me raconter un rêve ?

— Mais pas du tout ! Hier soir, avec Edwige, on a fait la connaissance de Gérard Depardieu et de Carole Bouquet. C'est Maëlstraum qui nous a présentés. Tu te souviens qu'un ex d'Edwige est à la Gaumont. On déjeune tous à Courson, où TF1 tourne le *Balzac* du siècle, tu sais bien.

— Je ne sais rien, mais c'est sans importance. Tu prends la Twingo, je prends la Fiat.

— Et les filles ?

— Quoi, les filles ? »

Les traits de Marie-Martine s'étaient décomposés, puis durcis : tout ça assez pénible à voir. S'ensuivit l'antienne sur les filles, on se demande si tu es au courant que tu as engendré deux filles, communément on dit : que tu *as* deux filles ; et en répons, le couplet de Jean-Léger sur ta mère, est-ce que ta mère, qui les adore, ne pourrait pas les garder le week-end entier ?

« Parce que tu disparais tout le week-end ?

— Euh, je comptais, enfin, peut-être pas. Si ça...

— Tu veux que je te dise, J-L... »

J-L ne voulait pas, d'ailleurs il était au courant. Mais il dut réentendre :

« Tu es *marié* à ton boulot, mon pauvre vieux. C'est à lui que tu penses, à lui seul. C'est lui qui te réveille la nuit. C'est avec lui que tu passes tes week-ends. Tu es bigame, tu me trompes, voilà ce qu'il y a. Tu me trompes depuis le début.

— Arrête, M-M ! Ce n'est pas une femme, que je vais voir. Je peux bien te le dire, ce sont des cathédrales.

— Cathédrale ou nana, pour moi, c'est la même chose. Tu ne t'intéresses qu'à ton travail, c'est-à-dire à toi. *Tes* soucis, *tes* succès, *ta* carrière. Ton boulot, c'est de l'ego en barre. Quand je pense que tu poses au serviteur souffrant de la collectivité ! Tu me fais rire.

— Ris si tu veux.

— Pauvre clown. »

Marie-Martine s'était drapée dans un grand geste en sortant. Il se mit à pleuvoir, soudain, ou Jean-Léger s'aperçut qu'il pleuvait.

Il reprit ses esprits, ses cartes, fouilla dans toutes les poches de son loden avant de mettre la main sur les clés de la Fiat, pensa pyjama, affaires de toilette, puis qu'il trouverait tout ça n'importe où sur la route, inutile d'aller chercher des coups du côté de la salle de bains. Le *Dictionnaire*, en revanche : il attrapa les deux volumes, et sa gabardine. Il était déjà neuf heures vingt.

À la nuit — mais la nuit tombe tôt, en janvier — Tuffeau avait vu Évreux, Sées, Le Mans, Blois, Orléans. Sur les cinq, il en gardait deux.

Il pleuvait à Évreux. Jean-Léger gara sa voiture sur le flanc de la cathédrale, côté nord. Sa mémoire s'ébrouait. Façade nord, chef-d'œuvre flamboyant. Façade ouest, début XVIIe, raide, très embêtante. À l'opposé, derrière l'autel, une chapelle axiale, dédiée à la Vierge ; et dans la chapelle, un chantier de restauration des vitraux. Pour au moins cinq millions. Les chiffres revenaient. Cinq millions au moins pour huit ou dix vitraux Renaissance, bien, mais bon, rien d'extraordinaire.

Jean-Léger arrêta les essuie-glace de la Fiat, coupa le moteur et sortit. Aussitôt son évaluateur mental intégré alla se bloquer à la limite haute du compteur. La façade admirable était noire de crasse, ses bossages, ses bas-reliefs, toutes ses sculptures érodés, troués. J-L crut à une hallucination : il voyait du vert. Des touffes de feuilles accrochées aux gables, au-dessus des baies. Des laitues, pensa-t-il. Il essuya les verres de ses lunettes et vit mieux : des fougères. Des fougères poussaient sur la façade nord de la cathédrale d'Évreux.

À l'intérieur, il faisait bon, et ici, au contraire, on avait l'impression d'un état satisfaisant de la pierre. Il faisait clair, aussi, en dépit du temps. Des postes de télévision s'alignaient dans la nef

— probablement pour retransmettre aux paroissiens du fond les gestes et agissements de l'officiant, loin devant, à l'autel. J-L n'avait jamais vu ça. Peut-être était-ce là l'effet du passage sur le siège épiscopal ébroïcien du médiatique Mgr Gaillot ? Cette cathédrale était habitée. Elle servait.

Jean-Léger en fit le tour, lentement. Dans la chapelle de la Vierge, il eut confirmation du chiffre. Un panneau informait l'orant et contribuable. La restauration des vitraux finirait en 2001. Elle aurait alors coûté cinq millions et demi de francs. Entre-temps, Blasne aurait perdu ses dernières tuiles. Avec cinq millions, on remettait à neuf les toits de Blasne, on refaisait la charpente en vieux chêne, et les chéneaux en or.

Tuffeau reprit la route. Il traversa le pays d'Ouche en direction de Sées, passant par des bourgs roses, dans des creux, Conches, L'Aigle, où devaient pulluler les Emma Bovary.

Elles sont marrantes. Elles vous épousent pour votre surface socioprofessionnelle, et puis la bague au doigt, hop, tout à coup elles voudraient que vous n'ayez plus de vie ni professionnelle ni sociale, mis à part les dîners en ville. Ce n'étaient pas les pectoraux de Jean-Léger qui avaient attiré Marie-Martine, ni son jeu de jambes sur terre battue, mais bien son diplôme de l'ENA. Comme si cette peau d'âne ne lui avait pas coûté des centaines de nuits écourtées, des dizaines de week-ends à trimer, une vie entièrement vouée depuis longtemps au travail, des années d'ascèse, en un mot. Sans parler d'un vilain tassement des vertèbres lombaires. Et il aurait fallu, parce qu'il se mariait, qu'il adopte un horaire d'instituteur. À la maison tous les soirs à six heures, samedi-dimanche au bras de madame, et trois bons mois de congé par an.

Madame s'était trompée. Elle aurait dû épouser un instit, pour ça. Beau métier, du reste, celui d'instituteur. Mais Marie-Martine voulait plus brillant, plus chic. Elle était très heureuse de sa profession d'infirmière, de son cabinet et de son mode de vie, mais elle n'aurait jamais épousé un infirmier. Même en libéral, même à la tête d'un très gros cabinet. Elles sont incohérentes. Elles voudraient un énarque qui mène la vie d'un jardinier. Avec le prestige de l'énarque, attention, le revenu de l'énarque et les relations de l'énarque.

Il y a erreur, les filles. La carte de visite ENA, c'est le bagne à vie. Ça n'avance pas à l'ancienneté, un énarque. Ça se fraye son chemin à coups de crocs, ou à défaut de mâchoire d'acier, à force d'endurance au travail, et de dévotion au service public. Marie-Martine hurla de rire, Jean-Léger fit une embardée. J'arrête, se dit-il. Il arrivait à Sées. Il avait entendu le rire, il l'entendait encore.

La cathédrale de Sées était fermée. À midi vingt, aussi, dans un chef-lieu de canton de l'Orne, un samedi. La façade portait les marques d'avanies successives, qu'énumérait, dans l'ordre, un panonceau municipal. Les guerres de religion et la Révolution s'étaient attaquées aux statues. Au début du XIXe, un monsieur Alavoine avait testé sur Sées l'effet de colonnettes et de frises en fonte. On aurait dit Sainte-Clotilde, à Paris, en plus délabré. Car le XXe siècle, apparemment, avait oublié Sées. Le porche avait besoin d'être refait de fond en comble. La pierre était dans un état affreux.

Tuffeau entra au Normandy, l'unique hôtel-restaurant à proximité de la cathédrale. « N'est ouverte que le dimanche, le renseigna obligeamment le patron. Pour la messe, le matin. L'est glaciale, vous savez. L'hiver, les gens n'y vont guère. »

Des cartes postales, sur un tourniquet, courbées par le temps comme des tuiles, montraient « *le transept et le chœur fin XIIIe, dans un très beau style rayonnant* ». Tuffeau calculait le rapport d'un porche à vingt millions de francs à une population de cinq mille cent soixante-treize habitants. Sachant que la cathédrale est fermée six jours sur sept, qu'un petit dixième des habitants y va le dimanche à la messe, dont la moitié a la vue basse, qu'un sur trois des non-pratiquants la regarde une fois par semaine — plus les touristes, en été ; allez, vingt mille touristes chaque année. Ça mettait le coup d'œil sur le porche dans les cent ans à venir à un franc, au bas mot.

Ça n'a l'air de rien, un franc le coup d'œil. Mais quand on pense à tout ce qu'il y a à voir en France, que ce pays est le plus visité au monde, et qu'un individu peut jeter dans les six cents coups d'œil à l'heure, ça prend un autre air, tout à coup.

Fatigué, Jean-Léger. Il ne songea qu'au Mans qu'il aurait pu déjeuner à ce Normandy. Maintenant, au Mans, il était deux heures passées, est-ce qu'on vous sert à déjeuner au Mans, passé deux heures ? « Froid », fut la réponse au Café du Square — « Sandwich », au Café du Jet d'eau.

Jean-Léger se contenta d'une bière dans l'un puis l'autre établissement. La faim y fut peut-être pour quelque chose, il fut pris d'un coup de cafard dans la cathédrale. On ouvrait, ici, le samedi après-midi. Mais il faisait un froid terrible, il n'y avait pas un chat.

Tuffeau ne s'était jamais senti à l'aise dans les cathédrales. Le Christ n'en demandait pas tant — le Christ pieds nus, sans toit, sans même une pierre où reposer sa tête. Dieu le Père, Tuffeau ne savait pas. Il ne connaissait pas bien. Il n'avait jamais trop cherché, non plus. Mais le Christ, il voyait. Devant les cathédrales, le Christ aurait passé sa main dans sa barbe, songeur : Incorrigible, mon Église. Toujours à en faire trop. Sans cesse à confondre sa gloire et la mienne. Avec ce goût pour *le dur* qui n'est pas mon genre, et dont je me demande bien où elle est allée le chercher…

Si Jean-Léger avait prié, il n'aurait pas choisi une cathédrale, mais le désert, lui aussi, en tout cas un lieu à l'écart. Pas les grandes orgues, le silence. Jean-Léger ne priait pas — on ne le lui avait pas appris, non plus — mais il n'excluait pas de s'y mettre, si un jour il était moins mal. Et ce serait seul, il en était sûr, dans sa chambre, ou un pré, ou la nuit, au bord de la mer.

Il était gelé, il sortit. C'était son chevet qui faisait la beauté de la cathédrale du Mans. Tuffeau s'en approcha, et tomba sur l'inévitable panneau présentant la dernière restauration et son prix. Ici, on avait refait les toits des absidioles. C'était fini, on avait pourtant jugé opportun de laisser quelques années en vue le montant de l'opération :

1994 .... 3 000 000 F
1995 .... 5 000 000 F

Trains de zéros… On n'en parlait jamais, mais ces travaux dans les cathédrales étaient cause d'accidents innombrables. Un jour, un paroissien irréprochable recevait une tête de saint sur le crâne. Le chantier s'ouvrait. Alors, c'étaient des architectes en chef des Monuments historiques qui passaient à travers les toits, des maçons de vieille famille portugaise dont la lignée finissait dans un bruit mat au pied d'un échafaudage. Il courait des histoires affreuses. On racontait que les Compagnons — les vrais, les purs — se voulaient aussi les seuls dans les cathédrales, et ne supportaient pas que des non-Compagnons mettent un pied dans leur chasse gardée. Un verrier mais pas Compagnon l'avait raconté à Tuffeau. Il en rêvait encore, le verrier, tout le temps qu'il avait travaillé à Saint-Étienne de Châlons, chaque matin il avait dû vérifier son échafaudage : dans la nuit, des planches en étaient enlevées.

Jean-Léger mit bien dix minutes à retrouver sa voiture.

Les cathédrales de Blois et d'Orléans l'agacèrent l'une et l'autre. La nuit tombait, la route était vide. Des cathédrales *de style*, comme il y a des fauteuils *de style* : pas chers, mais laids. Marie-Martine aurait pu prendre plaisir à sa liberté. J-L n'était pas un mari casse-pieds. Toujours content de ce qu'il y avait à dîner, même s'il n'y avait rien. Un quart d'époisses et un verre de tonnerre, quoi de meilleur ? Mais elle n'était pas contente de le voir content. Difficile à comprendre, les femmes. Si elles sont vissées, elles ne parlent que liberté. Si elles sont libres, elles rêvent de ne pas l'être. Ce n'est jamais ça. Pourtant, eux deux, il s'en fallait de peu qu'ils soient très amis. Pour toi, il n'y a jamais aucun problème, disait M-M. C'était un reproche. En effet, lui ne voyait pas de problème entre eux. Elle levait les yeux au ciel. Les tours ne collaient pas, ni à Blois ni à Orléans. Celle de Blois n'était pas mal, en soi, avec ses colonnes et son dôme, son tambour et son lanternon ; mais elle venait comme un cheveu sur la soupe sur la façade flamboyante. Quant aux deux tours jumelles d'Orléans, elles étaient chichiteuses, avec leur air de porcelaines Louis XVI. Déjà, J-L n'était pas fou du style Louis XVI. Alors le Louis XVI faisant son gothique…

Et on révérait ces copies comme des joyaux. On les traitait à l'égal de Chartres. Ou plus exactement, parce qu'on les avait étiquetées cathédrales, au même titre que Chartres ou Noyon, Chartres et Noyon attendraient des années leur tour d'être rafistolées : il y avait la flèche 1858 d'Orléans à consolider, et à Blois, le tombeau de la grand-mère de Marie Leczinska à briquer. Sans parler des cathédrales de Laval, de Moulins, de Saint-Étienne — des splendeurs, tout le monde sait ça — qui avaient droit à la plus haute considération, elles aussi. De Saint-Claude, du Havre, de Chambéry. Cathédrales, parfaitement. Alors Blasne… Qu'est-ce que c'est que ça, Blasne ? Ça n'existe pas.

Jean-Léger avait poussé la porte du premier hôtel venu, derrière la cathédrale d'Orléans. Un vieux petit hôtel, à patronne assortie. Six heures sonnaient à peine, mais il en avait plein les pattes. Et la journée du lendemain serait longue : Sens, Troyes, Châlons, Reims, Soissons, Senlis, et retour à Paris. Notre-Dame, non, détour inutile ; on gardait Notre-Dame, c'était acquis.

Il se jeta sur son lit sans même ôter sa gabardine, pris d'une envie de dormir le plus vite possible. Des cinq cathédrales qu'il avait vues dans la journée, il gardait Évreux et Le Mans. Dormir, maintenant. Tout habillé, si fait.

Bon sang, tout habillé… Il rouvrit les yeux. Il avait oublié de s'acheter un pyjama. Dormir tout habillé est une chose, ne pas avoir de pyjama une autre. On se ravise, souvent, vers trois heures du matin, quand on s'est couché sans se déshabiller et qu'on se réveille en sueur, courbatu et la bouche sèche. Quant à dormir tout nu, Jean-Léger n'appréciait que s'il faisait très chaud, l'été. À Taroudannt, ainsi, avec Marie-Martine, en 96. Ce n'était pas l'été, d'ailleurs, l'Ascension ou la Pentecôte, mais il faisait 40° la nuit. Or, à Orléans, en janvier, on est loin du compte. M-M avait fini par s'endormir à plat ventre, les draps en vrille autour des chevilles, comme dans les films, très brune et belle, dans le rayon de lune. Jean-Léger se releva, ramassa au passage les clés de la Fiat sur la table en faux palissandre et ressortit. Les magasins allaient fermer.

Il chercha une boutique genre « L'homme élégant », en voiture, au pas, à travers la pluie qui s'était remise à tomber. Tout ce qu'il trouva fut un panneau « Paris 100 km », mais ça lui suffit. Il rentrait à Paris sur-le-champ, la chose allait de soi, quel imbécile il faisait de temps en temps. Dans une heure il dînait avec Marie-Martine et les petites.

À Paris, le froid dans l'appartement le surprit, plus que le silence ou l'obscurité, somme toute normaux si par exemple les indigènes sont au cinéma. Quelqu'un avait coupé le chauffage. Le même libre et sévère arbitre, sans doute, qui avait écrit le mot fiché dans la moquette par un couteau de cuisine :

Ça suffit comme ça. J'en ai soupé de la vie avec toi, c'est-à-dire sans toi. Les filles itou. N'essaye ni de nous retrouver ni de nous faire changer d'avis. Je t'enverrai mon avocat dès que j'en aurai un.

M-M

Jean-Léger pensa, une seconde, à retourner à Orléans. Il faisait chaud, à l'hôtel. Au lieu de quoi il alla relancer la chaudière, dans la cuisine. Une petite heure, et il ferait bon dans l'appartement. Bien sûr que oui, il retrouverait Marie-Martine. Ce n'était pas sorcier. Et avant qu'elle ait pris un avocat.

Il ne mit pas vingt minutes à dîner, au seul café ouvert, rue Torricelli — il s'en souvint en voyant arriver la soupe à l'oignon, il n'avait rien mangé depuis la veille au soir.

L'appartement n'était donc pas encore très chaud quand il appela sa belle-mère au téléphone. « Vous pouvez me passer Marie-Martine ? »

On n'avait répondu ni oui ni non, rien. Mais, entendant : « Tu ne sais plus lire, ou quoi ? », Jean-Léger comprit qu'il avait retrouvé sa femme. Il comprit que non à ce qui suivit. « C'est tout ce qu'il y a de sérieux », dit Marie-Martine. Et : « La prochaine fois, je ne te prends pas au téléphone. » Et, ce qui assit Jean-Léger, qui nonobstant l'était déjà : « Ça fait des années qu'on en parle, cette fois, ça y est. »

Des années ? J-L passa une nuit pénible. Jamais on ne lui avait parlé de quoi que ce soit, à lui. Un couple ne se sépare pas comme ça, sans raison, ni sommation. Oui, bon, il entendait s'insurger M-M : « Sans raison ? Tu as dit sans raison ? » Il voulait dire sans vraie raison. Leur couple n'était ni plus ni moins bancal qu'un autre. Tout le monde est boiteux, tout ce qu'on fait est du bricolage. De quoi rêvait-elle ? Un psy avait dû lui monter la tête, ou une copine — ou une amie psy, ce qu'il y a de pire. Mais elle n'avait pas d'amie psy, elle n'avait pas d'amant, et lui ne l'avait jamais trompée.

Pas d'amant : au fond, qu'est-ce qu'il en savait ? Qu'est-ce qu'il savait de ses journées ? de son emploi du temps depuis des mois ? Il n'en savait rien, le fait était. Pourtant il en mettait sa main au feu, elle ne le quittait pas pour un autre.

Il faisait de plus en plus chaud, dans l'appartement, mais Jean-Léger ne s'en apercevait pas. Il était assis, bras croisés, sur le canapé du salon. Cet appartement n'était pas mal. M-M avait tout ce qu'elle voulait. Ha, ha, ricanait l'amie psy, vous n'avez pas un mot sur la *chose sexuelle*.

Et voilà, la tarte à la crème. Il n'en parlait pas, en effet, il avait été élevé comme ça, mais c'était peut-être aussi que la chose allait plaisamment, entre M-M et lui. « C'est vous qui le dites. — Parfaitement, je le dis. »

Il se mit debout, et à faire les cent pas entre la cuisine et le salon, les bras toujours vissés aux côtes. Il n'arrivait pas à savoir s'il tombait des nues, ou s'il s'était peu ou prou attendu à l'événement. Tout le monde claudique, et un jour ou l'autre se casse la figure. Tout le monde le sait, personne ne renonce à marcher pour autant.

On le bafouait. On le mettait devant le fait accompli. Mais est-ce qu'il s'entendait avec Marie-Martine ? Est-ce qu'au fond il s'était jamais entendu avec elle ? À part au creux du lit, quand elle cessait de parler. Cette histoire était une histoire de sourds.

Le point du jour, à sept heures et demie, trouva Jean-Léger les bras complètement bloqués en position croisée, assis dans la Fiat à la porte de sa belle-mère, rue Vineuse. Marie-Martine apparut peu après dix heures, les mains dans les poches. Rien ne se passa comme prévu. Elle ne vit ni la Fiat ni J-L. Lui ne la trouva pas si belle. Il ne décroisa pas les bras.

Il rentra chez lui — il avait toujours dit : chez moi, il pouvait y aller, maintenant —, prit une demi-plaquette de Stilnox et sombra dans le sommeil. Il finit sa tournée, six cathédrales en un temps record. Auxerre, Troyes, Châlons. Noires, tordues, lourdes. Reims — ne se discute pas, il passa sans s'arrêter. Soissons : bien. Senlis : reçue aussi. On gardait Senlis, Soissons, Reims.

Il se réveilla à une heure du matin, dans le noir et une solitude qui l'étouffa. Lui aussi voulait décamper. Il allait faire disparaître les plus laides de ces cathédrales, après quoi il disparaîtrait à son tour. Il en avait soupé, lui aussi. Dix mille personnes se volatilisent chaque année, presque toutes volontairement. Rien n'est plus simple.

Le difficile, c'était les cathédrales. Même à supposer qu'on commence petit, l'opération serait des plus délicates. Même en commençant par une seule cathédrale. Même par la plus vilaine, mettons la Nouvelle Major, à Marseille. Il était impossible d'annoncer : Cet édifice est laid, il coûte extrêmement cher, sa fréquentation est devenue dérisoire, aussi allons-nous l'abandonner, comme on abandonne une vieille usine. Inconcevable. La réaction serait nationale. Catholiques, athées, ne sachant pas trop, s'en foutant, même combat. Au fond on butait là sur le dernier tabou des sociétés dites libérées. On ne touche pas à une cathédrale. Ces grands totems avaient valeur d'idole.

Impossible de laisser tomber. Soit. Pouvait-on vendre, alors, ou privatiser d'une quelconque façon ? Donner, s'il le fallait, à qui voudrait ? Le Puy à la Fondation Cartier, par exemple. Ou Boulogne-sur-Mer — une horreur — au Fonds Princess Diana ? Jean-Léger voyait d'ici le tollé. « On brade le patrimoine spirituel de la France. » « Qui sait ce que les propriétaires vont faire de ces temples sacrés ? »

Il était vrai qu'on pouvait craindre une exploitation mercantile des cathédrales privatisées.

Cartier transformant Le Puy en Musée Calder, passait encore. Mais le Fonds Diana ferait de la cathédrale de Boulogne un hôtel pour les pèlerins sur la route du pont de l'Alma, et remplacerait la statue de la Sainte Vierge par celle de la princesse — ça ne passerait pas.

On ne pouvait pas laisser crouler. On ne pouvait pas privatiser. Il ne fallait rien dire. Était-il imaginable d'agir en douce ? Il existait sans doute une maladie de la pierre, qu'on pourrait inoculer discrètement à l'une ou l'autre de ces bâtisses. Le mal découvert, on lèverait les bras au ciel en gémissant : Pollution !

Allons, l'émotion serait considérable. Les populations brailleraient. On soignerait la bête malade. On soigne tout, aujourd'hui. On vaccinerait les autres.

Jean-Léger s'aperçut qu'il mourait de chaud, et dans le même instant qu'il avait dormi treize heures tout habillé. Il dénoua sa cravate, ôta chaussettes et pantalon. En veste et caleçon, les jambes nues, il alla éteindre le chauffage. Il but une lampée de cognac au passage, avant de refermer la porte de la cuisine. Il n'y avait qu'une solution, c'était clair : la destruction d'un seul coup, et non d'une cathédrale, ce qui empêcherait toute action contre les autres, mais de cinquante ou cent à la fois.

Restait à trouver le moyen de démolir cinquante ou cent cathédrales. Un point était acquis,

Jean-Léger devrait agir seul. Il imaginerait seul l'opération. Puis il passerait à l'acte seul, comme un valeureux petit soldat dont les chefs roupillent. Il sauverait le patrimoine français des fonctionnaires du Patrimoine. Il y en avait eu, dans l'Histoire, des initiatives prises en violation du droit et des usages, et qui avaient valu à leur auteur la reconnaissance nationale. De Gaulle, tiens, pour ne citer que lui. Général séditieux, factieux, paranoïaque… Les injures n'avaient eu qu'un temps. Et quand bien même le hors-la-loi ne connaissait que l'opprobre et le pilori : il y en avait eu, dans l'Histoire, des initiatives condamnées par leurs contemporains qui étaient apparues géniales aux générations suivantes.

Jean-Léger arpentait son appartement, la veste au bout de l'index, à la pointe de l'épaule. Il retourna à la cuisine, chercher la bouteille de cognac. Il se sentait parfaitement calme, mais très déshydraté.

Donc. Il agissait seul. Il oubliait lois et conventions. Il passait outre le bon goût, ce qui se fait, ce qui s'était toujours fait.

Il fallait qu'il revoie Beauju. Tout seul, et contre tout : ç'aurait pu être la devise de Beauju, si Beauju n'avait pas rigolé des devises comme du reste des us et praxis de la classe dirigeante.

Beauju était le seul de ses camarades de Sciences-Po que Tuffeau regrettait de ne pas avoir connu mieux. Ils auraient pu être amis. Ils avaient été une année membres de la même *conférence*, comme on disait rue Saint-Guillaume, et Beauju était le seul des vingt-cinq étudiants à avoir une pensée à lui. C'était pourtant un marxiste bon teint, il n'avait pas inventé sa doxa. Mais il était si seul de son espèce, dans cette école, avec ses liquettes de marin très Cronstadt, ses vieux jeans Potemkine, et ses boucles jamais coiffées, que sa dialectique avait l'air de son cru. Et il en imposait tellement, à ses condisciples comme au maître de conférence, un conseiller d'État modeste, numismate et asthmatique, que tout le monde, dans ce groupe, en était venu à faire assaut de rigueur marxiste. Sous cette espèce de contrôle de Beauju, sans en être tout à fait conscients, ces vingt-cinq jeunes bourgeois et ce haut magistrat se dispensaient mutuellement une implacable formation à l'analyse marxiste de tout et de rien. L'empreinte en ressortait de temps en temps chez Tuffeau, à un dîner, par exemple. « Oui mais, s'entendait-il répondre, la prostituée brésilienne de seize ans, vous voudriez qu'elle ait quel autre métier ? Vous pouvez me le dire ? Qu'est-ce qu'elle *peut* faire d'autre ? Qu'est-ce qu'elle a d'autre, comme force de travail, que ses petites fesses brunes ? »

Très malin, Beauju, par ailleurs. Devait être le seul à ne pas croire un mot de ses déductions, et s'amuser beaucoup.

Quoique. Sa rage était sincère, il voulait de

toute son âme flanquer par terre la société capitaliste, et il n'avait pas trouvé mieux, comme explosif, que la vulgate marxiste. Sa mère était femme de ménage, ou concierge.

L'explosif avait perdu de sa vigueur. Qu'est-ce que Beauju avait bien pu devenir ? Jean-Léger n'en avait plus de nouvelles depuis longtemps. Après Sciences-Po, Beauju avait été plus ou moins diplomate — subalterne, et probablement plus barbouze que diplomate. On ne le voyait plus à Paris. Tuffeau l'avait entr'aperçu, un jour, à Damas, par hasard. Au bar d'un grand hôtel, un soir : mais comme il s'approchait, l'autre, sans un regard pour lui, semblant ne pas l'avoir vu, s'était éclipsé, à l'anguille.

Puis on avait su, vaguement, que Beauju avait eu des ennuis. Il avait fait un peu de prison. Une affaire de trafic d'armes, ou d'uranium enrichi. On l'avait radié sans bruit de la fonction publique.

Il avait été récupéré par Matra, non moins discrètement, disait-on. Pour négocier avec *l'étranger*, toujours dans sa spécialité. Il ne semblait pas s'être réinstallé en France, du moins il y était invisible.

Il fallait retrouver Beauju. Jean-Léger eut froid, tout soudain. Mais il se sentait mieux. Il ne savait plus où il avait bien pu poser sa veste. Ce n'était pas grave. Il finit le cognac. Beauju saurait s'y prendre.

Le jour se levait. Déjà lundi, pensa Jean-Léger, au travail ! Et il s'endormit sur le canapé, roulé dans le manteau marron de Marie-Martine, sa veste à lui, qu'il avait renoncé à retrouver, en boule sous sa tête.

Une espèce d'angoisse le réveilla. Il se rappela s'être endormi heureux. Quel vice dans le raisonnement qui l'avait pacifié était-il donc remonté lentement à sa conscience pendant son sommeil, jusqu'à l'arracher à l'engourdissement ?

À l'instant ce fut clair. Il fallait retrouver Beauju, mais c'était là une chose affreusement difficile — plus difficile, peut-être, que démonter cent cathédrales. Comment retrouve-t-on dans le vaste monde un intermédiaire occulte en armement ? Pis, un intermédiaire en armement occulte ?

Sous sa douche, J-L avait tout de même eu trois idées. Conventionnelles — mais tout le monde sait qu'on piège les clandestins grâce aux traces qu'ils laissent dans le monde conventionnel, aux habitudes qu'ils y gardent, ne supporter qu'une seule et même marque de taie d'oreiller, ou envoyer chaque année à Noël des chocolats à sa marraine.

« Trouvez-moi trois numéros de téléphone, dit Jean-Léger à Anaïs. L'Association des anciens de Sciences-Po, la direction du personnel du ministère des Affaires étrangères, et la société Matra — le secrétariat général. Qu'est-ce que vous dites ? Le colloque sur l'iconoclasme huguenot est commencé depuis neuf heures ? Il est onze heures un quart. Eh bien, prévenez-les que j'ai un contretemps, je ne sais pas, tenez, parlez d'une fièvre. Je dois intervenir à midi ? La barbe, c'est vrai, j'avais oublié. Écoutez, ce n'est pas grave. Vous avez tapé le texte de mon intervention ? Foncez à la Sorbonne et lisez-le pour moi. Vous aimez les colloques, il me semble ? Suivez donc celui-là toute la journée. J'ai un travail inattendu qui va m'accaparer jusqu'à ce soir. Je me charge de remettre mes rendez-vous, passez-moi l'agenda. Merci. Faites vite. »

À l'Association des anciens Sciences-Po, on fut courtois, mais ferme, au téléphone avec Tuffeau. « Si l'adresse de ce monsieur ne se trouve pas à son nom dans l'annuaire, c'est qu'il n'a pas souhaité qu'elle y soit. Nous n'allons pas vous la communiquer. Ce que nous pouvons, par contre, c'est lui faire suivre une lettre, si vous lui écrivez à l'Association — à condition bien sûr que nous ayons son adresse. Ce n'est pas certain. Il y a pas mal d'anciens dont nous avons perdu la trace. Ils ne paient pas leur cotisation, c'est ça. Ce qui n'empêche qu'ils sont dans l'annuaire. Vous savez qu'on y figure automatiquement dès lors qu'on a le diplôme. »

Au Quai d'Orsay, puis chez Matra, on fit pareillement l'imbécile. « Beauju ? E-a-u- ? Prénom ? Vous ne vous souvenez plus du prénom ? Non, il n'y a pas de Beauju, ici. Ni monsieur, ni madame. »

Tuffeau écrivit trois lettres, une par piste. Trois fois la même lettre, à vrai dire, ce qui lui prit quand même une demi-heure. C'était curieux qu'il ait oublié le prénom de Beauju. On ne s'appelait pourtant pas par son nom seul, rue Saint-Guillaume. On n'y cultivait pas le style prytanée militaire.

« Mon vieux », commença Jean-Léger. Il corrigea : « Cher vieux. » Ça n'allait pas. « Cher ami » non plus — pas à Beauju. Il trancha pour « Cher camarade ». Les polytechniciens n'avaient pas le monopole de la formule.

Cher camarade,

une affaire d'importance m'amène à chercher à te joindre. Je ne peux pas t'en dire plus ici, mais ton savoir-faire me serait précieux dans la mise au point d'une opération sans précédent.

Peux-tu m'écrire, sous pli discret, où nous pourrions nous rencontrer, le jour et à l'heure que tu voudras.

Crois en ma fidèle amitié,

Jean-Léger Tuffeau

Au dos de l'enveloppe, J-L écrivit ses prénoms et nom au-dessus de la mention imprimée Ministère de la Culture, Direction du Patrimoine. L'inflation des majuscules allait bon train. Il avait essayé de s'y opposer, rien à faire. Ça venait des États-Unis.

Anaïs connaissait bien la question de l'iconoclasme huguenot dans la seconde moitié du XVIe siècle, elle fit scrupuleusement sa communication, éconduisit sans raideur les avances du président de la Société d'histoire protestante de La Rochelle et du Rochelais (« Votre exposé m'a passionné, mademoiselle. Puis-je vous demander qui vous habille ? — Karl Lagerfeld, monsieur. Chanel a changé ») et fila quai Saint-Michel prendre le RER jusqu'à Chaville.

Elle n'avait pas nettoyé les carreaux du Manor depuis des mois, et il commençait à faire sombre, à l'intérieur, les jours gris. En semaine, elle n'avait pas une minute. Les samedis et dimanches sont destinés au repos. Elle ne jouait donc du plumeau qu'en semaine lorsque inopinément du temps s'offrait à elle. Ce qui n'arrivait pas tous les jours. Il fallait parfois qu'elle sollicite un peu le temps, plutôt réticent à s'offrir. Elle ne payait pas de loyer, pour un logement exceptionnel. Mais elle était censée l'entretenir un peu. Et Benita Chancel-Ibáñez, la propriétaire, pouvait y débarquer à tout moment. Les six cents mètres carrés de carrelage polychrome, au sol, ne posaient pas de problème. Les meubles, les rampes et les galeries néogothiques non plus. Les carreaux, c'était autre chose. Ce castel avait été construit en 1890 pour un baryton célèbre à l'époque, oncle et parrain du père de Benita, qui avait fait poser partout des vitraux en guise de fenêtres.

Les baies géminées, à l'étage, se nettoyaient sans difficulté. Les oculi qui les coiffaient demandaient une échelle double de quatre mètres et un exécutant ignorant le vertige, rien de plus. La verrière en tiers-point de la cage d'escalier, elle, exigeait une bonne heure de petits soins — les angles, les angles aigus. Mais le pompon, le grand art, le cauchemar d'Anaïs, c'étaient les quatre roses, sur les quatre faces du manoir, qui éclairaient le grand salon du rez-de-chaussée. Ces roses étaient subdivisées, comme toute rose digne de ce nom, en configurations polylobées. Pour bien faire, il aurait fallu les nettoyer au pinceau. Et Anaïs aimait bien faire. Aussi n'était-elle pas contente d'elle quand elle devait s'en tenir, faute de temps, à un décrassage express.

Mais un après-midi entier de liberté, comme ce lundi, c'était valable : elle allait pouvoir rendre leurs couleurs à deux roses, au moins. Ça tombait bien. Benita ne s'était pas manifestée depuis l'été, un jour ou l'autre elle ferait son apparition.

Elle avait du mal à se passer de la France et des Français plus de six mois.

Jean-Léger eut une crampe à l'estomac qui le plia en deux sur son bureau. Un ulcère, se dit-il, c'était prévisible. Mais le gargouillement qui suivit lui fit envisager une hypothèse non pathologique. Il calcula qu'il n'avait rien mangé depuis quarante heures. Un peu bu, mais rien avalé.

Il referma son *Dictionnaire*, sortit de son bureau et descendit le vieil escalier en direction de la cantine du ministère, dans les caves du Palais-Royal. Rambert, au petit trot, rattrapa son directeur à la moitié de la rampe menant au sous-sol.

« Tu déjeunes au ministère ?

— C'est ce que j'ai trouvé de plus près, dit Tuffeau. Je meurs de faim.

— Moi, c'est l'inverse, soupira Rambert. Je vais à la cantine parce que c'est le seul endroit à Paris où je puisse prendre une salade et un verre d'eau sans me faire incendier par le garçon. Marie-Martine te met au régime ?

— Absolument », dit Jean-Léger, prenant conscience que, pour une fois, il employait l'adverbe à bon escient.

« Juliette est adorable », dit Stanislas Rambert, sombre soudain. « Mais elle est lyonnaise, elle a été élevée dans la tradition, chez elle on n'imagine pas un dîner sans une soupe, une entrée, une viande, un poisson, un dessert. Je savais que la sexualité féminine peut être exubérante, mais je voyais ça autrement. Je n'en peux plus. »

Il était près d'une heure et demie, le gros des fonctionnaires se levait de table, les arrivants eurent vite fait de trouver deux places à l'écart, face à face.

« Dis donc, à propos de Lyon, reprit Rambert, j'ai eu tout à l'heure un appel au secours du cabinet du maire. Ils ont demandé un arrêté de péril en urgence. Le pignon central de la primatiale Saint-Jean a dégringolé à huit heures vingt, ce matin. À cinq minutes près, c'était la sortie de la première messe, la chrétienté comptait dix martyrs de plus.

— Tais-toi, ces cathédrales, je n'en dors plus…

— Ah, toi non plus ?

— La semaine dernière, c'est le "baldaquin" d'Albi qui se détachait de la façade, et un des fameux bœufs de pierre de Laon qui voulait descendre de sa tour. Ces cathédrales me rendront fou.

— Toi aussi… Ne le répète pas, mais je rêve parfois qu'un tremblement de terre en supprime la moitié.

— Quand même !

— Je t'assure. Ou à défaut de tremblement de terre, un raz de marée libéral. Ça, ce n'est pas exclu. Madelin Premier ministre, tu vois : "Mes chers concitoyens, les chiffres sont là, les cathédrales, personne ne vous l'a jamais dit, c'est tant de kilomètres d'autoroutes en moins chaque année, tant d'impôts en plus pour nos entreprises déjà étranglées, tant de litres de sueur de contribuable…"

— Arrête, dit Jean-Léger.

— Sérieusement, la France n'aurait plus que la moitié de ses cathédrales, elle ne s'en porterait pas plus mal. Et toi et moi, on pourrait enfin travailler, au Patrimoine. Tu sais ce que j'ai répondu il n'y a pas une heure aux héritiers de l'abbaye de Semur-en-Auxois ? "Essayez Bernard Arnault, ou Bruxelles, ou la Fondation Getty, que sais-je ? Je ne peux rien pour vous avant cinq ans."

— Continue, tu me fascines. Pousse ton raisonnement jusqu'au bout. »

Tuffeau avait une expression bizarre. Rambert arrêta son petit jeu.

« Oh, l'ami, tu ne prends pas ma gamberge au sérieux ! Je rêve, c'est tout. Comme d'autres rêvent d'un monde débarrassé des femmes, en fait sans le vouloir une seconde. Et rêver est trop dire, trop réel, déjà. Alors, comme ça, quand tu rentres chez toi le soir, tu n'es pas accueilli par une odeur de navarin d'agneau *et* de brochet sauce Nantua ? Tu ne sais pas ton bonheur, vieux. »

Jean-Léger appela Lyon, l'adjoint chargé des affaires culturelles.

« Qu'est-ce que c'est que cette histoire d'effondrement à Saint-Jean ?

— Je suis content de vous entendre, j'allais téléphoner au ministère. Chaque heure qui passe voit le diagnostic s'assombrir. À l'instant on s'aperçoit que c'est l'ensemble de la façade qui est devenu poreux. Comme rongé, on ignore par quoi. Une pollution quelconque, évidemment.

— On est tenté de laisser tomber, non ? »

Il y eut un silence au bout du fil, puis :

« On est tenté. Je n'aurais pas pris l'initiative de le dire, mais si c'est vous qui commencez, je vais vous faire une confidence. Je rêve maintenant qu'on découvre à quatre heures que c'est l'ensemble de la cathédrale qui est poreux, et qui va tomber en poussière dans la soirée. Nous avons plus qu'il ne faut d'églises à Lyon, dont beaucoup sont superbes, parfaites pour les photos de mariages. Vous ne trouverez pas un Lyonnais pour soutenir que Saint-Jean est belle. Conclusion…

— Conclusion, rien, vous le savez bien. Ne rêvez pas. On ne laisse pas tomber une cathédrale.

— Je ne rêve pas. L'étayage arrive, les accès à la place sont déjà tous barrés. On en a pour cinq ans de travaux.

— Estimez-vous heureux, ce n'est pas vous qui allez devoir dégager les fonds.

— Je me sais bienheureux. Entre nous, à votre place, j'irais me jeter dans la Saône.

— Ici, on pense plutôt à la Seine.

— Vous me comprenez.

— Si je vous comprends… Mais vous, vous me faites découvrir quelque chose. La politique du patrimoine est faussée par un déplacement du sacré. Sous prétexte qu'un édifice est religieux, on le sacralise, quel qu'il soit. On le momifie. Jusqu'à quand ? La question ne se pose pas. Alors qu'elle se pose pour les châteaux, les ponts, les moulins. Quand ceux-là sont moches et partent en morceaux, ça ne fait pas un pli, on les abandonne.

— J'irai plus loin : on n'ose pas penser d'un édifice religieux qu'il est laid. Quant à penser qu'il a un coût — ouh, le blasphème.

— Qu'est-ce qu'il me reste à vous souhaiter, Duberlon ? Je ne vais pas vous dire : bonne fin de journée.

— Souhaitez-moi une piquette aux prochaines municipales, à ma liste et à moi. Je lâcherai le patrimoine, je retournerai à la quincaillerie familiale et je retrouverai le sommeil.

— Je vous le souhaite, mon cher. Mais dormez quand même. Je vous envoie Rambert, la DRAC, les Monuments historiques. On s'occupe de Saint-Jean. »

Tuffeau alla marcher sur les quais, entre le Louvre et l'île de la Cité. C'était la meilleure :

Rambert et Duberlon avaient depuis longtemps la même idée que lui. L'idée, oh là, pas plus. Ces deux-là, comme tout le monde, pas plus que l'ineffable Merlebel n'allaient jusqu'à concevoir un passage à l'acte. Il en coulerait, sous les ponts, des mètres cubes de Seine, avant que les esprits soient assez libres pour imaginer Paris débarrassé de Montmartre, de Sainte-Clotilde et de Saint-Augustin.

Je suis le seul, songeait Jean-Léger. La pensée agissait sur lui comme un alcool. Ce n'est pas que je sois seul : je suis *le seul*.

Il retourna à son bureau, ferma sa porte à clé et prit papier, crayon, les deux tomes du *Dictionnaire*. Lui ne s'en tiendrait pas au rêve. Sa décision était prise, il n'y avait plus qu'à la mettre en œuvre. En haut d'une feuille blanche il commença :

— *Saint-Jean à Lyon*
— *Saint-Latuin à Sées*
— ...

Anaïs était allée acheter une éponge, au bazar de la gare, en arrivant à Chaville.

« Naturelle ? avait demandé monsieur Bob. C'est beaucoup plus doux. »

Anaïs s'était inclinée :

« Va pour naturelle. »

Le soleil pointait, à califourchon sur son échelle

double elle se régalait. Elle avait nettoyé les rouges de la rose ouest, puis les bleus. Quand Benita Chancel-Ibáñez lui avait proposé de garder la maison, elle s'était décidée sur-le-champ : elle allait habiter une cathédrale. C'est elle qui avait exigé, puisqu'elle ne payait pas de loyer, au moins d'assurer l'entretien du Manor. Au moins celui des vitraux.

Elle rinça son éponge et s'attaqua aux jaunes. Heureusement que les roses de Chaville n'étaient pas enchâssées dans des archivoltes, comme celles de Troyes. Enfant, Anaïs avait eu un petit livre sur la cathédrale Saint-Pierre-et-Saint-Paul. Elle en connaissait encore des pans de phrases entiers. « Une grande rose rayonnante dans une profonde archivolte. » « Le premier étage des tours, tapissé de niches à dais flamboyants. »

Des niches à dais flamboyants, le salon en comptait quatre, une à chaque coin, à mi-hauteur, taillées dans le buis de la galerie du chanteur. Elzéar Chancel avait aménagé la pièce en salle de concert. Chacun des dais abritait une plate-forme d'où il aimait chanter. Il tournait autour de ses invités. Ses deux profils étaient bons. Différents, mais beaux tous les deux.

En fin d'après-midi, il y eut un appel que Jean-Léger ne laissa pas comme les autres s'enliser dans la mémoire de son répondeur.

« Maître Poudhon, avait annoncé une voix haut

perchée. Je suis l'avocat de madame ex-Tuffeau. Je… »

Jean-Léger décrocha brusquement le combiné :

« Monsieur Tuffeau-toujours, dit-il. Que me voulez-vous ?

— Madame votre ex-épouse m'a chargé de défendre ses intérêts dans la procédure de divorce qu'elle souhaite engager.

— Et si je ne souhaite pas ?

— Elle souhaite néanmoins. Elle en a le droit, aujourd'hui. Je vous rappelle brièvement l'évolution de la législation. Depuis…

— Passez-moi votre petit cours. Vous n'aurez pas grand-chose à faire pour défendre les intérêts de ma femme, je ne veux rien.

— Comment ça ?

— Ce n'est pas clair ? Je lui laisse tout, l'appartement, les deux voitures, mon Plan d'épargne en actions, la cave, mes cravates, tout, quoi.

— Monsieur, il faudrait que nous prenions rendez-vous. Je vais transmettre votre proposition à madame votre ex-femme…

— Ça va bien, le coup des *ex*.

— … et je vous ferai part de sa position lors de notre entrevue.

— Faisons vite. Il se peut que je sois appelé prochainement à voyager loin et longtemps.

— Monsieur, la loi vous fait obligation…

— Épargnez-moi vos sermons. Demain, mardi, huit heures, à votre cabinet. Ça vous va ?

— Huit heures ? Pourquoi pas. Très bien. Vous me trouverez au 1, rue Tardieu. Face au funiculaire, vous voyez ? Au pied de la basilique.

— De Montmartre ? On n'a pas idée.

— Que voulez-vous dire ?

— Rien de décisif. Ça commence bien, rien de plus.

— Je ne vous comprends pas.

— Ça ne m'étonne pas.

— Monsieur, je vous prie de…

— Des prières, maintenant. En voilà assez. À demain, huit heures. »

Je lui laisse la cave, mais je n'ai pas dit quelle cave, s'avisa Jean-Léger en rentrant chez lui. Il dîna de champagne. Pas *au* champagne : d'un Laurent Perrier convenable, quoique tiède, qu'il déboucha dans son salon et siffla debout, cinq vraies coupes, à la santé de Stanislas Rambert, assis à la même heure en face de l'adorable Juliette et d'une quantité terrifiante de nourriture solide.

Jean-Léger arriva chez l'avocat avec des lunettes de ski.

« Vous souffrez des yeux ? demanda le jeune homme.

— Ça dépend des quartiers, dit Tuffeau. Par ici, c'est affreux.

« *C'est affreux* », répéta-t-il en ôtant ses lunettes pour dévisager sans dissimuler son interlocuteur, lequel eut peur, une seconde.

Ce garçon pouvait avoir vingt-trois ou vingt-quatre ans, il était joufflu, rose et blond.

« Auriez-vous la bonté de me faire savoir », reprit Tuffeau, le timbre soudain très seizième, « comment ma femme a été amenée à choisir vos services, à vous, parmi les milliers d'avocats que compte une ville telle que Paris ?

— Monsieur, dit l'élu dignement, je suis le fils d'une grande amie de votre épouse.

— La psychologue, sans doute ?

— Ma mère est plasticienne.

— Plas-ti-ci-enne, répéta Jean-Léger en détachant chaque syllabe et sur un ton tel que l'avocat eut une nouvelle poussée panique.

— Je crois que vous êtes pressé, dit nerveusement Poudhon. Allons au vif du sujet. J'ai consulté ma cliente quant à votre proposition de lui laisser la totalité de votre patrimoine…

— Patrimoine ! coupa Tuffeau. Comme vous y allez. Dieu merci, nos quelques biens ne vont pas jusqu'à constituer un patrimoine.

— Quoi qu'il en soit, madame euh-Tuffeau oppose un refus définitif à votre offre. Elle n'a pas l'intention de se laisser traiter ainsi avec commisération — ce sont ses mots —, comme une femme entretenue — je cite encore. Elle exige un partage rigoureux.

— Partagez, mon vieux, dit Jean-Léger, débonnaire. Votre partage sera le mien.

— Ah, dit l'avocat. Bon. Vous savez qu'un partage peut nécessiter la cession des biens.

— Vendez, Poupon. Vendez ce que vous voulez. Prévenez-moi juste avant que l'appartement ne change de main, que je prenne une chambre à l'hôtel. Ça va comme ça ? Ça vous suffit ? Vous voulez un mandat ? Un blanc-seing ? Une procuration ? Je signerai ce qui vous fera plaisir.

— La question n'est pas mon plaisir.

— Jeune homme, comme disent votre mère et la gent psychologue unanime, c'est toujours la question. Sur ce, je regagne le ministère. J'ai des arbitrages effroyables à faire aujourd'hui. Bonjour, monsieur. »

« Intéressant, ce colloque ? » dit Tuffeau à une Anaïs en cobalt, fidèle au poste, à la machine à café. Et sans attendre la réponse : « Le courrier est sur mon bureau ? »

Le courrier n'apportait aucun signe de Beauju. Jean-Léger se raisonna. Ses lettres, à lui, étaient parties la veille, il ne fallait pas attendre de réponse avant huit ou dix jours. Dix jours : il serait sans logis, d'ici là. Il se corrigea : sans domicile fixe, ce n'est pas la même chose. Du reste, on ne pouvait pas espérer mener l'opération cathédrales en quelques jours, l'affaire prendrait plusieurs semaines. Qu'à cela ne tienne, il serait quelques semaines sans toit. Allons : sans logis à lui. L'hôtel, ce n'était pas la rue. Et il y avait des hôtels charmants, à Paris. Jean-Léger essaya de retrouver le nom de celui, du côté du canal Saint-Martin, où descendait le conservateur anglais spécialiste des altérations chromatiques des enluminures médiévales soumises aux rayons X — l'eau était la meilleure de Paris dans ce coin du dixième, disait l'Anglais.

Le fonctionnement de la mémoire a quelque chose de fascinant : Jean-Léger se souvint que Beauju, vingt ans plus tôt, vivait précisément dans ce quartier du canal Saint-Martin, près de la place de la République. Pourquoi n'essayeraitil pas de retrouver l'endroit ? Beauju vivait chez sa mère, à l'époque où il était à Sciences-Po. Il n'habitait plus nulle part, mais cela ne voulait pas dire que sa mère avait déménagé. Elle devait avoir — Jean-Léger chercha l'âge de sa propre mère — dans les soixante-dix ans. Il n'y avait pas de raison qu'elle ne fût plus en vie. L'espérance de vie ne cessait de s'allonger pour les femmes, elle dépassait quatre-vingts ans.

Tuffeau n'était jamais allé à proprement parler chez Beauju, mais pas loin. Un soir, ils avaient fait un exposé ensemble, chez les Tuffeau, rue des Dames ; un livre leur manquait, Beauju l'avait chez lui ; ils étaient partis le chercher tous les deux dans la Simca de madame Tuffeau mère. En voiture, la nuit, il y en avait pour un quart d'heure. Beauju avait guidé Tuffeau jusqu'à une petite rue en L — mais laquelle ? Il ne l'avait pas fait monter. Pourtant Jean-Léger avait le moyen de retrouver la rue, l'immeuble même. Il s'en souvenait précisément, les quatre ou cinq minutes qu'il avait passées dans la voiture à attendre, au pied de la maison Beauju, il avait regardé, en face, un lion. Un lion doré, enseigne ou bas-relief, à deux ou trois mètres du sol. Gracieux, s'il se rappelait bien, de la taille d'un chien, quoi qu'il en soit indéniablement lion.

L'après-midi de ce mardi, Tuffeau, Rambert et les autres sous-directeurs de l'étage du Patrimoine firent le point sur les blocages de crédits budgétaires annoncés par Borel. Le point, ce n'était rien. Ce qui fit bondir tour à tour chacun des présents, ce fut le choix des opérations à suspendre et des projets à différer.

À six heures, les participants à la réunion, tous fâchés, se séparèrent sans faire de phrases. Et entre chien et loup, Jean-Léger Tuffeau roulait, seul, au pas, à l'ouest du canal Saint-Martin, à la recherche d'un lion.

Autant que possible, il progressait façon boustrophédon : rue Léon-Jouhaux, rue Beaurepaire, rue de Marseille, rue de Lancry, rue Legouvé, rue Lucien-Sampaix. Ce ne devait pas être la bonne méthode. À dix heures, il était bredouille.

Il recommença les deux soirs suivants. Le mercredi, selon la méthode aléatoire — des marchands de tapis, des entrepôts, des fédérations plus ou moins professionnelles, pas de lion. Le jeudi, à pied, sous une petite pluie, en questionnant les passants. Il aurait dû y penser plus tôt. Un vieux monsieur et cinquième passant lui dit : « Le Lion d'or ? Ah, vous ne savez donc pas, ce n'est plus ce que c'était. N'y a plus rien à boire, au Lion d'or. C'est devenu la Fédération des cordonniers, quelque chose comme ça.

— Le lion n'est plus là ? Le bas-relief ?

— Me semble que si. Je ne vous cache pas que je ne vais plus guère par là-bas.

— Rappelez-moi où il est, ce lion.

— Un peu plus loin, au bout de la rue des Vinaigriers. »

Jean-Léger retrouva le lion, il reconnut, en face, l'immeuble Beauju. Un tout petit immeuble, au 22 *bis*. Mais il ne passa pas la porte. Un code avait été mis à l'entrée, comme partout dans le Paris des années 90.

Le vendredi, à son bureau, Tuffeau trouva un pli de l'Association des anciens de Sciences-Po. La lettre à Beauju lui était retournée, avec un petit mot, courtois, toujours, mais déprimant. On n'avait pas l'adresse de BEAUJU, *Léon Vladimir, promotion 1980*. On ne l'avait du reste jamais eue.

Léon, bien sûr. Léon Beauju. Jean-Léger ne comprenait pas comment il avait pu oublier un prénom qu'il avait toujours eu en mémoire.

Les deux autres lettres, à Matra et au Quai d'Orsay, n'avaient, elles, eu aucun écho. Le monde ne serait sauvé ni par l'entreprise ni par le service public, en conclut Tuffeau, mais par le tissu associatif. Il régla sa cotisation aux anciens Sciences-Po, ce qu'il n'avait pas fait depuis 1987, lui signalait un imprimé orange joint à la lettre à Beauju revenue.

Il repéra au Minitel les noms des occupants du 22 *bis*, rue des Vinaigriers : ni Beauju ni gardien à interroger. Écrivit à madame Beauju, même adresse. Pas de réponse. Se souvint que la marche à pied avait été son salut, quand il cherchait encore le lion, et retourna rue des Vinaigriers, de jour, cette fois.

Entre-temps, on était passé à février, mais il faisait toujours aussi humide, aussi froid. Le poupon avait essayé dix fois de joindre Tuffeau au téléphone. Tuffeau, lui, avait essayé d'écrire à sa femme. Il ne savait pas quoi lui dire, il était resté deux jours bloqué à « Marie-Martine », et le troisième, il avait posté ça, « Marie-Martine ».

Le code était requis de jour aussi, pour entrer au 22 *bis*, rue des Vinaigriers. De même au 20 — le Cercle national des Garibaldiens. Le 24 était un garage. Mais au Restaurant de Bourgogne, au 26, la vieille maman du gros patron se révéla une informatrice amène et volubile — sûre, on saurait plus tard.

Si elle se souvenait de madame Beauju ! Elles avaient le même âge, le même goût pour les petits légumes, et l'habitude d'aller ensemble au marché de la rue Alibert, le dimanche, comparer cardons, pâtissons et cœurs de laitue. C'était loin, tout ça. Le marché ne proposait plus que des jupes indiennes et des gris-gris de cuir, on ne trouvait plus de cardons à Paris. Et madame Beauju ? La pauvre avait quitté la rue il y avait bien sept ou huit ans. « Elle s'était cassé le col du fémur. Je ne sais pas si elle est encore en vie.

Son fils lui avait fait avoir une place à Nogent — un bon fils : Nogent, c'est bien, y a de la verdure, là-bas. Non, pas à l'hôpital, elle était guérie de la fracture. Mais elle ne pouvait plus vivre seule, elle se faisait peur. Plutôt dans une maison de vieux — comment dit-on, maintenant ? Une *résidence*, voyez. À Nogent. Parce que lui, toujours à l'étranger, son fils, il ne pouvait pas vivre avec elle, ni la faire venir avec lui. Les diplomates, ça bouge. Tiens, voilà une chose qu'on ne trouve plus non plus dans le commerce, les diplomates. C'est bon, pourtant, un diplomate. Oui, Nogent — je me souviens, je l'avais aidé à faire sa valise. Elle avait donné beaucoup de choses au Secours populaire. Son adresse ? Je ne l'ai plus, son adresse. » La vieille dame était désolée. « Tendez voir, qui pourrait la savoir… »

Tuffeau lui aurait baisé les mains.

« Ne cherchez pas, je vais trouver. Nogent : vous m'avez dit l'essentiel. Il ne doit pas y avoir quarante maisons de retraite, à Nogent. »

Il y en avait trois, la Maison de retraite des artistes, À la villa Renaissance, et la Maison de retraite Watteau. Nogent, à l'évidence, usait beaucoup d'artistes. Tuffeau fit son enquête au téléphone. On ne connaissait pas de madame Beauju parmi ces artistes usés.

« Pourquoi ne cherchez-vous pas dans les maisons du voisinage ? » dit la réceptionniste, chez

Watteau. Une voix tendre, qui zézayait. Jean-Léger la voyait, dans sa robe à la Pompadour, une mouche au coin de la lèvre.

Il téléphona aux Beaux jours, à Champigny-sur-Marne, aux Jardins d'Astrée, à Noisy-le-Grand, à la Résidence du Bois, à Saint-Mandé, aux Lierres, au Perreux. Les soins étaient certainement très convenables, à ces adresses, mais les noms évoquaient terriblement la fleur artificielle et le marbre. Quoi qu'il en fût, nulle madame Beauju ne résidait en ces maisons proches de Nogent.

On ne pouvait que saluer le professionnalisme de Léon Beauju. Cet homme pensait à tout, il avait donné pour sa mère un autre nom que le sien — le nom de jeune fille de la vieille dame, à coup sûr.

Jean-Léger se remit à la liste. Pour madame Beauju, il trouverait une idée. Il trouvait toujours. Quand la réalité lui résistait, il avait pour principe de ne pas s'obstiner. Il passait à autre chose. Alors, dépitée, la réalité mollissait. (C'était du reste ce qu'il attendait de Marie-Martine : qu'elle se comporte comme la réalité en général. « Ah, tu le prends aussi simplement ? Tu ne gémis pas, tu ne bagarres pas ? Si c'est comme ça, mon vieux, je reviens. Tu ne peux pas t'en tirer à si bon compte. » Quant à ce dernier revirement, toutefois, Jean-Léger avait un doute. Il se pouvait que Marie-Martine soit une réalité à part.)

Il se remit à sa liste et peina plus qu'il n'aurait cru. Car il y avait deux listes à établir, pour bien faire : celle des cathédrales à éliminer ; mais aussi celle des cathédrales à garder. Cette liste-ci ne se ferait pas toute seule, par simple soustraction. Elle ne pouvait pas se borner aux cathédrales parfaites, aux incontestables Chartres, Bourges, ou Beauvais. Il fallait encore qu'elle obéisse aux principes de base de l'aménagement du territoire — que les cathédrales restant se répartissent harmonieusement dans l'ensemble du pays, qu'une région n'en ait pas quatre à charge alors que la région voisine en serait délivrée...

C'est en considérant la carte de l'Eure-et-Loir, autour de Chartres, que Tuffeau fut remis sur la piste de Beauju. Il découvrit d'un seul coup d'œil quatre Nogent dans les environs de Chartres, Nogent-le-Roi, Nogent-sur-Eure, Nogent-le-Rotrou, Nogent-le-Phaye. Les Nogent pullulaient. N'exagérons pas, fit savoir le Minitel, dans sa précision. Il y avait dix-huit Nogent en France, en Bassigny, en Othe, l'Abbesse, l'Artaud, le Bernard, lès Montbard, le Phaye, le Roi, le Rotrou, le Sec, sur Aube, sur Eure, sur Loire, sur Marne, sur Oise, sur Seine, sur Vernisson, plus un Nogent tout court, en Haute-Marne.

Jean-Léger s'en voulut. Lui qui pourtant n'était

pas parisien, n'avoir pensé qu'à un Nogent, le plus près de la capitale.

La réalité se faisait bonne fille. Elle lui souffla qu'il devait bien exister un annuaire des maisons de retraite, qui lui épargnerait de faire le tour des Nogent de France. Et en effet, il y avait un 3615 MARETRAITE, grâce à quoi il fut bientôt clair que six Nogent, pas plus, sur les dix-sept qui n'étaient pas sur Marne, avaient leur maison de retraite.

La suite fut un jeu d'enfant. Il était sept heures du soir, un vendredi, sans doute, car le silence était complet à l'étage de la direction du Patrimoine, quand des Feuilles d'automne, à Nogent-le-Phaye, on répondit à Jean-Léger Tuffeau : « Madame Beauju ? Un instant, monsieur. Je vous la passe. »

Jean-Léger raccrocha. Quand vous pensez depuis deux ans à une fille à qui jamais vous n'avez pu parler, vous dit-on : Anita ? Tu veux que je te la présente ? Vous répondez : Non, non.

Mais le lendemain, à onze heures — un samedi, cette fois aucun doute —, Tuffeau pénétrait dans le hall des Feuilles d'automne, un bâtiment bas un peu compliqué de la banlieue de Chartres, dont le crépi abricot clair tranchait, presque criard, sur le gris-blanc des maisons moins neuves, alentour.

« Je suis un ami de monsieur Beauju, dit-il. Un ami d'enfance, je viens faire une visite à sa mère.

— Vous n'avez pas de chance », dit la dame en rose à l'accueil, par ailleurs ronde et noire. « Vous le manquez de peu, monsieur Beauju.

— De peu ?

— Il est venu il y a quinze jours-trois semaines. Pour quelqu'un qui passe une ou deux fois l'an, c'est hier.

— Eh bien, je vois qu'il ne change pas, toujours par monts et par vaux. Ça me ferait plaisir de le revoir, lui aussi. Vous n'avez pas son adresse ?

— Une minute. »

La dame appuya sur deux touches, inclina le buste :

« Junon ? Tu as une adresse où joindre monsieur Beauju ?... Oui... Oui... C'est pour un visiteur, je transmets.

« Nous passons par l'homme d'affaires de monsieur Beauju, transmit-elle. Un notaire, à Paris, maître Trotsky.

— Parfait, dit Tuffeau sans tiquer. Le plus simple est sans doute que je vous laisse une lettre pour mon ami — si vous avez la gentillesse de la poster à ce notaire.

— Ça ne pose pas de problème.

— Je vais d'abord faire un brin de causette à madame Beauju.

— On vous accompagne. Qui faut-il annoncer ?

— Dites Joseph, l'ami de Léon. Madame Beauju a peut-être oublié mon nom, sûrement pas mon prénom. »

« Mon petit Fredo, s'attendrit la vieille dame. Ça me fait un plaisir de te voir ! Tu ne changes pas. Toujours à jouer avec des noms d'emprunt. Si je te reconnais ! Tu peux bien te présenter sous un prénom nouveau chaque fois, je te reconnaîtrai toujours. Tu es mieux sans moustache. »

Tuffeau fut troublé de cette familiarité, un moment. Il n'avait pourtant jamais vu madame

Beauju, de cela il était certain. Il se serait rappelé les yeux roux, les cheveux en brosse, poivre et sel.

« Ça me fait plaisir, redisait la drôlesse. Tu te rappelles le jour où vous m'avez apporté des cartons de tracts à garder ? Il ne fallait en parler à personne, et ne les montrer sous aucun prétexte — je me demande bien pourquoi : j'en ai lu un, bien sûr, ça disait : *Avec les masses laborieuses, Non à l'exploitation de l'homme par l'homme*, comment ne pas être d'accord ? Une autre fois, ç'a été cette demi-douzaine de caisses, tu te souviens ? Des caisses très lourdes, bien fermées. "Des explosifs, maman, avait dit Léon. Surtout, ne t'avise pas d'ouvrir." Vous étiez farce ! Toujours le mot pour me faire rire. Des explosifs : je savais bien que c'étaient des livres. »

Tuffeau mit vingt minutes à faire venir la conversation sur le présent, l'adresse présente de Beauju.

« Il est content ? Toujours à Damas ?

— Va savoir », dit la bonne dame. Elle hochait la tête avec un naturel confondant, Tuffeau se demanda si elle ne se fichait pas de lui depuis le début. Il fut direct :

« Ne me dites pas que vous n'avez pas son adresse…

— Bagdad, Damas, je confonds toujours, maintint l'ingénue. Il me dit : Maman, si c'est pressé, le mieux est que tu passes par maître

Trotsky. Sinon, ne m'écris pas, attends ma visite. Je ne te laisserai jamais longtemps sans nouvelles. »

Tuffeau prit une carte postale à l'accueil — la cathédrale de Chartres, il n'y avait qu'elle, sous toutes les coutures.

Beauju, mon vieux,

écrivit-il au dos,

j'aimerais te revoir. J'ai besoin de ton conseil. Appelle-moi à mon bureau, si tu veux bien : 01 40 15 80 00. Ton fidèle,

Tuffeau

Il obtint de l'amie de Junon une enveloppe, dans laquelle il glissa la carte, et qu'il prit soin de laisser ouverte. On pourrait vérifier l'innocence de son message. Madame Beauju pourrait vérifier.

Dans *Le Monde* du jour, daté dimanche-lundi, à la page 25 un titre attirait le regard : « *L'abus monumental ?* » Il n'est pas fréquent que *Le Monde* donne une forme interrogative à ses titres.

Ce titre-là était une citation, point d'interrogation compris. Tout s'expliquait. Il s'agissait du sujet d'un colloque, qui s'ouvrirait le surlendemain, lundi, au théâtre de Chaillot. Régy Debrais en avait inspiré le thème, et le journal lui donnait la parole, sur cinq colonnes.

Il était trois heures, il pleuvait. Jean-Léger venait d'arriver à Paris. Il s'était arrêté au kiosque de la porte d'Orléans et, revenant à sa voiture, avait feuilleté *Le Monde* en marchant. *« L'abus monumental ? »* : il s'assit, somnambule, à la place du conducteur, posa le quotidien sur le volant et lut l'entretien deux fois.

« La question peut paraître iconoclaste, disait Régy Debrais. L'expansion de l'idée de patrimoine ne va-t-elle pas aboutir à une pétrification du territoire et à un formidable engorgement de la mémoire ? » Tuffeau respirait court. *« Il y a une inflation des monuments historiques facile à constater : 44 000 édifices protégés en 1996, 24 000 en 1960. »*

« La fétichisation du monument historique n'exclut pas l'amnésie… »

« Peut-être parce que la pétrification monumentale remplace l'effort d'éducation. »

Le lundi, à neuf heures, Tuffeau appela sa secrétaire au ministère :

« Vous ne me verrez pas jusqu'à mercredi. Il y a un colloque à Chaillot que je ne peux pas manquer.

— Ben alors..., voulut dire Anaïs.

— Je passerai tous les soirs, tard, continuait son patron. Vous me laissez le courrier, les messages importants, vous avez l'habitude. À mercredi. »

Il avait raccroché.

« Ben alors, demanda posément Anaïs au combiné qui pépiait, bip-bip. Voilà que les colloques t'intéressent à nouveau ? Et mes vitraux, mon grand ? »

Le colloque fit à Tuffeau l'impression d'un rêve. Régy Debrais y exposa longuement la différence entre le *monument-forme*, le *monument-trace* et le *monument-message*. *Forme*, le Mont-

Saint-Michel ; *messages*, les multiples mémoriaux aux soldats inconnus et connus ; *traces*, l'île Seguin et sa chaîne de montage, les anciens carreaux de mine, la librairie, près de l'Élysée, où François Mitterrand avait laissé une ardoise... C'est dire si le nombre des monuments croissait. Il augmentait sans cesse. On approchait de la saturation. On ne pourrait pas *tout* garder.

François Dagonet débusqua l'*« idéologie monumentale »*, Serge Tisseran l'*« inconscient du monument »*, et le directeur de l'Institut français d'architecture les *« monuments déguisés de l'architecture moderne »*. Tout le monde était d'accord : il y avait abus monumental.

Tuffeau brûlait d'intervenir, il dut serrer les lèvres pour s'en empêcher. Et maintenant ? aurait-il demandé. Il y a surnombre, abus, ossification. Qu'est-ce qu'on fait ? Qu'est-ce qu'on casse ?

Il aurait été le seul à mettre les pieds dans le plat. Tout le monde communiait dans la haine du monument, mais personne ne passait aux questions pratiques.

Tuffeau se tenait au dernier rang, le col relevé. Il était connu de la moitié des présents. Eût-il parlé, on le reconnaissait. On l'identifiait : le directeur du Patrimoine...

Il partit avant la fin tous les jours. Sur son bureau, le premier soir, il trouva l'invitation au colloque et son coupon-réponse, encore attenant, parmi les papiers « Urgent ».

Le mardi, il passa la dernière heure du colloque — Georges Balandier, *« La nature comme monument en Afrique »* : bien, mais on divergeait — à rédiger une lettre à Régy Debrais. « Passionnant… Si peu correct politiquement, quel courage… Aimerais poursuivre en tête à tête avec vous. »

Il recopia son invitation le soir sur le papier à en-tête de la direction du Patrimoine, et alla la poster, ému, à la Poste centrale de la rue du Louvre.

Dans la nuit, la séance à l'Assemblée nationale faillit mal tourner. Tuffeau avait pris place sur le banc des conseillers, au pied de la tribune. Le ministre de la Culture commença son discours dans l'ambiance habituelle, d'indifférence bonasse. Mais au bout de quelques minutes, un silence se fit dans l'assemblée, lui, rare, et qui n'augurait rien de bon. Et quand les députés eurent compris de quoi il ressortait, quand ils se furent pincés, persuadés qu'ils ne rêvaient pas, ils se mirent à râler, à beugler, à faire claquer les couvercles de leurs pupitres. La fureur s'était emparée de tous les élus. La droite, bien sûr, écumait. Mais les communistes criaient : « Ça va pas ? » Les radicaux : « Toucher nos cathédrales ? » Les francs-maçons : « Le symbole de la France. » « *Vous, Chartres, ville unique du pays de France, cathédrale unique au monde, Chartres, diocèse, ville unique…* », braillait, les yeux fermés, un barbu socialiste qui n'avait rien compris.

Une pluie de boulettes en papier tombait sur la tribune. Tuffeau faisait le dos rond. Il s'était fourvoyé. La représentation nationale, unanime à pester contre le coût de l'entretien des cathédrales, ne voulait pas entendre parler de l'élimination fût-ce d'une, et d'une moche petite cathédrale. Le ministre était blême. Il jeta à son conseiller un regard de tueur. « J'ai compris, je démissionne », hurla Jean-Léger dans le tohubohu.

Son cri le réveilla. Il était tombé du canapé du salon, dont il faisait son lit depuis qu'il vivait en garçon. Il essuya sa figure trempée de sueur avec un pan de pyjama, et reprit son souffle, à plat dos, sur la moquette, les bras en croix. Tout allait bien. Il n'avait rien dit. Il avait été inspiré de se taire au colloque. Personne ne soupçonnait son plan, et il fallait qu'il en fût ainsi jusqu'à la fin de l'opération. Une fuite, et tout capotait. Mais tout allait bien, il n'y avait pas eu de fuite, il n'y en aurait pas.

Le lendemain matin, un peu avant neuf heures, Jean-Léger sortit de chez lui et dans l'instant fit se lever une forte femme qui l'attendait, assise sur une marche d'escalier.

« Monsieur Tuffeau ? C'est pas trop tôt, dit la dame sans autre bonjour. Élise Albert, Agence Albert, chargée par maître Poudhon de vendre votre appartement. Eh ben, dites donc, je sais pas quel besoin vous avez d'un appartement, en effet : vous n'y êtes pas souvent. Je suis passée vingt fois, j'ai téléphoné toutes les heures. Jamais personne. Enfin, je vous tiens. J'en ai pour cinq minutes, mais il faut qu'on s'entende sur deux ou trois détails.

— Permettez, madame, dit Tuffeau, je partais, je suis très en retard sur mon habitude...

— Et moi, j'ai huit jours de retard. » Madame Albert était entrée dans l'appartement, un dossier cartonné en bouclier sur la poitrine. « Partez si vous voulez, mais sachez que j'ai les clés, le mandat de vente, et que les visites commencent à dix heures, ce matin. Voilà la première chose que j'avais à vous dire. La seconde, c'est qu'il va falloir me ranger cet appartement. Je l'ai visité, il n'est pas mal, mais enfin vous ne pouvez pas laisser ce canapé transformé en couchage, ni ces bouteilles vides un peu partout — votre chambre, c'est pas possible, on dirait une cave…

— Madame, vous outrepassez votre mandat. Que vous vendiez cet appartement, soit. Mais dispensez-moi de vos commentaires sur son ameublement. Et ne vous avisez pas de refaire mon lit à votre idée, j'ai assez de mal à dormir comme ça. »

Jean-Léger claqua la porte derrière lui, avec l'impression, malgré tout, moins d'enfermer une dame que d'être mis dehors. C'était un peu fort. Il pourrait peut-être dormir dans son bureau, sur un lit de camp. Il verrait. On n'en était pas là. Même si l'appartement se vendait dans la semaine, il aurait encore trois mois devant lui. Il allait bien finir par retrouver Beauju. Et dans trois mois, qui savait à quels cocotiers il aurait suspendu son hamac ?

La liste avançait, lentement. On ne pourrait pas dire qu'elle avait été faite à la légère. Jean-Léger en bavait. Il connaissait maintenant par cœur, dans l'ordre chronologique et sans la moindre erreur, le détail de la construction

— l'érosion, la réfection, la destruction, la restauration, la violletleducisation — de chacune des cent soixante-dix cathédrales françaises, y compris les vitraux, les dallages, les chapiteaux, les mosaïques, les peintures murales, les tapisseries, le mobilier, les cloches. Il pourrait toujours vivre de conférences, aux Maldives.

Anaïs était ennuyée. Son boss avait fondu, en quinze jours. Il était passé du blême au jaunâtre, avec des cernes bruns autour des yeux. Elle hésitait entre deux hypothèses : rififi conjugal — quand même, ça ne métamorphose pas à ce point — ou hépatite virale.

Les deux, entrevit-elle ce mercredi matin où Tuffeau passa sans la voir devant la machine à café — elle en rose et violet, pourtant ; lui répétant : « Une cave, ma chambre ? Parfaitement, madame. Pourquoi pas ? Une cave… Et si ça me plaît ?… »

Elle alla s'ouvrir de son inquiétude à son amie chic, chez Rambert, laquelle en toucha un mot au sous-directeur.

« Vous trouvez ? dit Rambert. Tuffeau ? Non. Il a un appétit d'enfer, il tourne à quatre mille tours. Non, *moi*, je ne suis pas bien. Je dois avoir un commencement de goutte, mon pied droit me fait mal. Mais lui m'a l'air normal. Il travaille trop, c'est tout. »

Anaïs allait appeler l'infirmerie, pour complément d'information sur les variations du teint chez les hommes, quand son téléphone sonna.

« Monsieur Tuffeau ? Je vais voir s'il est toujours en vie, dit-elle. Excusez-moi, je plaisantais. Je vous annonce. »

Elle appuya sur une touche verte.

« Un monsieur Beauju. Vous prenez ?

— Léon Beauju ? glapit Jean-Léger. Déjà ! Ce n'est pas possible.

— Léon, je ne sais pas, dit Anaïs, très pro. Vous prenez ?

— Bien sûr, je le prends. Beauju, je suis content, dit Tuffeau plus fort, très fort. D'où m'appelles-tu ?

— De loin, pourquoi ?

— J'ai eu du mal à te retrouver.

— Tu voulais me parler ?

— Il faut que je te voie. »

Tuffeau était passé au chuchotis.

« Tu peux répéter ? J'entends mal.

— J'ai besoin de te voir. Tu es à Paris, un de ces jours ?

— Quand tu veux.

— Façon de parler, j'imagine. Dis-moi ton jour, ton heure.

— Samedi soir, c'est possible ? On peut prendre un verre après dîner, je ne sais pas, vers dix heures.

— Parfait. Tu as un endroit de prédilection ?

— Disons L'Étoile Bar, rue du Général-Lanrezac. La rue part de l'avenue Carnot, à deux cents mètres de l'Arc de Triomphe. Le bar est calme.

— Je note. Le général comment ?

— Lan-re-zac. Tu ne te souviens pas de lui ? La Cassandre de l'été 14. Un type qui a crié casse-cou, annoncé le désastre, sans que personne ne le prenne au sérieux.

— Et le bar ?

— L'Étoile Bar.

— Très bien.

— À samedi, donc, dix heures », dit Beauju en même temps que Tuffeau demandait : « Laisse-moi un téléphone, on ne sait jamais. »

Trop tard. À l'autre bout du fil, on avait raccroché.

Régy Debrais appela dans l'après-midi.

« Déjà ? s'exclama Tuffeau. Je le prends, je le prends. »

« Viens de recevoir votre courrier, dit Debrais. Serais plus qu'heureux... »

Jean-Léger croyait rêver. Il ignorait que sa lettre avait été l'unique écho au colloque explosif du début de la semaine. Debrais pensait recevoir une volée de bois vert — il lui fallait ça, une ou deux fois l'an, il en avait besoin. Mais l'indifférence dans laquelle étaient tombés, ce coup-ci, ses propos incendiaires l'avait mortifié, comme un enfant qui lance à sa mère : « Je te hais », et s'entend répondre : « Mais oui, mon chéri. »

Tuffeau, loin pourtant d'imaginer sa détresse, l'invita à déjeuner.

« Quand vous voulez, dit Debrais.

— Tout de même pas ! se récria Tuffeau.

— Non, vous avez raison, pas demain, concéda Debrais. Après-demain, vendredi ? demanda-t-il, une nuance d'imploration dans la voix.

— Vendredi, très bien. Mais où ? Le Grand Véfour doit être classé monument historique, avec son décor. Taillandier, Lasserre et les autres sont au moins des monuments-traces…

— Tout est monument, coupa Debrais, très sombre. Ne compliquons pas. Le Véfour ira, pour cette fois. »

Cet homme était l'obligeance même. Il mangea et parla comme s'il n'avait rien vu des stucs et des papiers peints XVIIIe.

« Il faudra bien un jour retrouver la liberté d'esprit de nos pères, dit-il dès la cassolette de joue de bar, et faire le lien entre démolition et créativité. Jusqu'au XIXe siècle, il y a eu autant de destructions que de constructions. On voulait se bâtir un château ? On détruisait celui de papa. Ce n'était pas que la place manquait, ni qu'on récupérait les matériaux. C'était qu'on allait faire mieux, différent, nouveau ! On n'en doutait pas.

« Même chose dans l'architecture sacrée. Le gothique a poussé sur les ruines du roman, et ainsi de suite, au fil des siècles. On a démoli jusqu'au Second Empire — le cloître gothique de la cathédrale de Bordeaux, tout ce qui dépassait dans celle de Sens ou celle de Châlons.

« Quelle vitalité, à l'époque encore ! On s'enthousiasmait pour le romano-byzantin... Puis tout s'est arrêté. On a cessé de créer, cessé de détruire. Nous sommes devenus des impuissants, à peine capables de conserver. Mais tout l'argent que nous mettons à conserver est perdu pour l'art et pour la culture. Il faut absolument renverser la vapeur, admettre, par exemple — je vais vous choquer, tant pis —, qu'un certain nombre de cathédrales pourraient être abandonnées...

— Oh ! » Jean-Léger se pinça la cuisse, sous la table.

« Je vais jusqu'au bout. Vous savez que la France regorge de cathédrales.

— Si je le sais...

— Mais avez-vous jamais considéré froidement, dans le lot, le nombre des constructions prétentieuses, pour ne pas dire laides — mal fichues, de bric et de broc —, et dont je suis prêt à parier qu'elles n'intéressent plus personne ? Vous-même, tenez, formé pourtant à la vieille école de la culture bourgeoise conservatrice, vous en connaissez combien, de nos cathédrales ? Je veux dire : vous en *pratiquez* combien ? Allez, jouons un peu, je vous écoute...

— Eh bien, Paris, Chartres, Reims…

— Je compte sur mes doigts.

— Bourges… Euh, Rouen…

— Arrêtons-nous là. Je ne suis pas en train de vous faire passer un examen. C'est une idée, que je voudrais faire passer : on supprimerait quelques dizaines de cathédrales, personne n'en pâtirait. Et on ouvrirait des écoles d'art, des universités de la beauté, on financerait des prix d'architecture, on *créerait*…

— Je ne regrette pas de vous avoir écrit ! Vous me coupez un peu le souffle, dit Tuffeau. Si j'osais, pourtant… À mon tour de pousser la logique à son terme. Iriez-vous jusqu'à défendre publiquement un plan de *non-conservation* de ce genre ?

— Je vais être franc : non. Je ne suis pas défaitiste. Masochiste, oui… » Debrais eut un sourire-moue. « Mais pas défaitiste — vous faites la différence ? J'aime assez la souffrance, si elle m'est infligée intentionnellement. Mais j'ai horreur de l'échec. Surtout l'échec public. Jamais je ne soutiendrais un projet, même aussi sérieux que le nôtre — vous permettez que je dise : le nôtre ? —, parce que les cathédrales sont l'objet du dernier tabou contemporain. On ne touche pas aux cathédrales. On peut copuler avec son caniche, faire fouetter sa petite sœur dans des clubs très privés, armer l'ethnie X en Afrique centrale et lui commander la disparition de l'ethnie Y — on vénère les cathédrales. Les châteaux antérieurs à la Révolution, les ébénistes du XVIIIe, les impressionnistes, les cathédrales, il va de soi que c'est sublime. C'est noble. C'est sacré. Ça ne se discute pas. »

Tuffeau avait les jambes en coton, en quittant Debrais. Les mains molles, et la tête en feu. Qui savait combien ils étaient, en France, à ne plus souffrir le statu quo monumental, et à rêver d'air, de novation, d'audace ? Des millions, sans doute. Peut-être la majorité.

Et cependant, Debrais avait raison, on ne pouvait rien faire — du moins à découvert. Rien au grand jour.

Restait la nuit, l'admirable nuit de la transgression et de l'anonymat. Tuffeau se sentait des ailes. L'estomac barbouillé, les genoux lâches, malgré tout une ardeur que rien n'arrêterait.

J-L avait décidé de dormir un peu, le samedi matin. Il fallait qu'il récupère. Il avala six cachets de Stilnox en se couchant — il en avait tellement pris, ces derniers mois, qu'un ou même deux cachets ne lui faisaient aucun effet.

Il fit un rêve étrange, très flou côté image, assez net côté son.

« C'est terrible, disait une voix de femme inconnue. On peut faire quelque chose ?

— À mon avis, non, répondait Élise Albert. Il est trop tard. Ne vous frappez pas, venez plutôt voir l'appartement. »

À un autre moment, une voix d'homme :

« Oh ! la ! la ! les enfants. Finissez-moi vite ces croissants. Vous mettez des miettes partout. Qu'est-ce que le monsieur va dire, s'il se réveille ? »

Il fut tiré du sommeil par le froid. Il était midi. Le manteau de Marie-Martine avait glissé du canapé, Jean-Léger le mit sur ses épaules et alla se faire un café. Il y avait des miettes plein l'appartement, c'était curieux. Aucune importance. Mais — de les voir, sans doute — Jean-Léger eut l'envie brutale d'une demi-baguette beurrée. Dans quelques heures, il parlait à Beauju, sa vie basculait. Ça creuse.

Il faisait beau et froid. Anaïs rentrait du marché, mâchonnant une branche de céleri, quand le téléphone sonna dans l'entrée du Manor. Elle posa ses paniers par terre.

« Maman ? dit une voix de stentor.

— Savinien ! Où es-tu ?

— Sur la route, au Petit-Clamart. J'arrive.

— Tu restes un moment ?

— Un bon moment. Je dois être à Toulouse ce soir, j'ai tout mon temps.

— Qu'est-ce que tu veux à déjeuner ? Tu es seul ?

— Tout seul. Toi aussi ? Ne prépare rien, surtout. J'ai à manger pour dix. J'ai été payé par les moines en fromages de chèvre. »

Savinien avait débuté dans le décor de théâtre — doué, un grand sens des couleurs. Mais très vite, il s'était passionné pour les éclairages. À vingt ans, il avait déjà une bonne cote chez les gens du spectacle. Il s'était fait un nom dans l'éclairage en soi — il appelait ça le « son et lumière sans le son ». Il arrivait de Saint-Varin, où il avait monté une illumination de l'abbaye.

Tous les samedis soir, jusqu'à la fin de l'été. Chaque samedi une illumination différente — l'informatique ouvrait des possibilités formidables. Les choses s'étaient si bien passées qu'il n'avait pas voulu d'argent. Le frère Arcisse avait bourré de chèvres le coffre de sa vieille DS.

« Il va bien, ton père ? demanda Anaïs.

— Très bien. Il t'embrasse. »

Vingt ans et quelques mois plus tôt — Anaïs avait dix-huit ans —, Étienne Allard, son grand ami d'enfance, avait annoncé à la jeune fille son projet de devenir moine.

« Tu es puceau, ce n'est pas sérieux, avait fait observer Anaïs. Je te parle comme je parlerais à un fils. Tu ne peux pas prendre une décision pareille sans avoir goûté à l'amour. »

Elle s'était proposée. Ça tombait bien, elle en avait envie depuis un moment, ce garçon était charmant et elle aussi, aurait un jour ou l'autre à faire des choix pour lesquels il vaut mieux être un peu informé.

Expérience faite, la vocation d'Étienne tenait. Trois mois avaient passé.

« Cette fois tu peux y aller. Tu sais ce que tu laisses », avait dit Anaïs, dissimulant que la probation allait changer sa vie aussi.

Savinien était né huit mois plus tard. Anaïs avait attendu pour le présenter à son père que celui-ci ait prononcé ses vœux. Elle avait un peu de mal avec le nouveau nom d'Étienne. Lui avait eu quelques mois de tourments.

Mais Savinien avait su le convaincre qu'il était le père idéal. Et Anaïs s'était mariée, quelques années plus tard, avant de faire à son tour vœu de célibat.

« Tu vois, dit-elle à Étienne-Arcisse, moi aussi j'ai dû tâter du mariage pour savoir que ce n'était pas ma vocation. Je suis volage, c'est un fait. J'aime ce qui bouge. Je n'en suis pas plus fière que ça. »

Le mari était un fou de théâtre, peu doué lui aussi pour la stabilité. Il aimait beaucoup Savinien, et lui avait mis le pied à l'étrier.

« On verra plus tard ce qu'en pense l'Éternel, disait Anaïs. Mais s'Il me demande mon avis, je soutiendrai qu'au total, c'est une belle histoire. »

Il y avait trois chats, avenue Carnot, à dix heures du soir, un éclairage minimal. Les arbres, ou ce qu'il en restait, se profilaient, très noirs, sur les nuages de nuit. Ce n'était pas que Tuffeau eût peur : l'impression, plutôt, de traverser un film des années 30, noir et blanc, ah, Paris, Paris.

La rue du Général-Lanrezac alignait une demi-douzaine d'hôtels à deux, trois étoiles. Ici et là on avait pensé utile d'afficher « Tout confort ».

Poussant la porte de L'Étoile Bar, Tuffeau fit un bond de vingt ans dans l'histoire du cinéma : débuts de la couleur, encore noyée dans les bruns-rouges, réalisme appuyé des personnages et du décor.

Au comptoir, une grande femme sèche, debout, le dévisagea sans aménité. Les cheveux jaunes, l'air de considérer tout nouveau venu comme une nouvelle source d'ennuis — une reine du commerce, entrevit Tuffeau. Accoudé au zinc, côté clients mais manifestement chez lui, un gros gars brun examinait l'arrivant avec moins d'inquiétude et tout autant de préjugés, mi-chat, mi-flic.

Il pouvait y avoir cinq ou six clients dans la salle, à l'unisson, sur la réserve. Par chance, Jean-Léger n'hésita pas. Il reconnut Beauju du premier coup d'œil, bien en vue, au milieu, seul à une table pour deux. Il l'aurait reconnu entre mille : les épaules carrées, dans un vieux pull marin, les boucles en bataille — évidemment gris-beige, à présent.

« Ça me fait plaisir », dit Tuffeau, s'asseyant face à lui.

Beauju ne répondit rien, n'eut pas un sourire, pas un battement de cils. À peine ses yeux se contractèrent-ils.

Déformation professionnelle, pensa Jean-Léger. Il me laisse venir. Mais il y va fort. Même au grand oral de l'ENA, on accueille moins froidement les candidats.

« Tu ne changes pas, dit Tuffeau sur un ton de gaieté qui lui coûta une énergie terrible. C'est incroyable. »

L'autre ne bronchait pas.

« Ça me fait plaisir », répéta Tuffeau, à la limite de la panne sèche. « C'est un vin chaud, que tu as là ? Bonne idée, je vais prendre la même chose. »

Il allait détourner les yeux, cherchant quelqu'un à qui passer commande, quand Beauju frappa du poing sur la table :

« Tu vas finir, avec tes salades ? Tu crois que j'ai la nuit devant moi ? Viens au fait, mon pote, et fissa. »

Tuffeau n'eut pas le temps de pâlir, un des clients s'interposait — un homme arrivé derrière lui, et qui lui avait mis la main sur l'épaule, en propriétaire.

« Il y a erreur, dit l'intervenant à l'impatient. C'est avec moi que monsieur a rendez-vous. » Et à Tuffeau : « Viens, mon vieux. Je suis à la table au fond, par là. »

Jean-Léger ne l'aurait pas reconnu : glabre, les cheveux ras, genre militaire à qui tout réussit, dans un costume bleu un peu bleu, amusé visiblement de la méprise.

« Qu'est-ce que c'est que cet endroit ? demanda-t-il en s'asseyant, très vexé.

— Ici ? Un bar comme un autre », sourit Beauju. Et sans transition : « Tu ne changes pas. Peut-être un peu maigri, mais je t'ai toujours connu fatigué.

— Toi, tu n'es plus le même, dit Tuffeau. Ton style, je veux dire.

— Tu trouves ? Qu'on le veuille ou non, on est toujours plus ou moins rattrapé par la mode. Et Dieu sait que je suis censé m'en foutre. Allez, ce n'est pas de sape que tu voulais me parler, j'imagine. Tu es toujours à la Culture ?

— Toujours. Mais si tu veux bien m'aider, plus pour très longtemps. »

Jean-Léger exposa son plan. Il fit bien attention à laisser entendre qu'il parlait pour plus puissant que lui, et n'agissait jamais qu'en exécutant. « Mais tu ne verras que moi, dit-il. Inutile de te faire un dessin, c'est une affaire qui doit rester secrète avant, pendant, après. Je suis le fusible. C'est moi qui sauterai, je suis volontaire, j'ai besoin de changer d'air. »

Il fit une allusion à une vie privée désolée.

« Voilà, conclut-il. Tu serais d'ailleurs chargé de mon établissement à l'étranger, en point final de ta mission. C'est un détail. Mais dans une affaire comme celle-ci, il n'y a pas de détails, n'est-ce pas. »

Beauju n'avait manifesté ni surprise ni sentiment.

« Faut réfléchir un peu, dit-il posément. On va se revoir, mais a priori, l'opération ne pose pas de problème technique. Il y a plus qu'il ne faut d'ennemis de la France et de la chrétienté de l'autre côté de la Méditerranée. Rien qu'en Corse, tiens. N'ont pas de cathédrales, les Corses. Sont persuadés que c'est un fait exprès. Se vengeraient volontiers.

— Qu'est-ce que tu racontes ? dit Tuffeau. Ils ont quatre cathédrales, Bastia, Saint-Florent…

— Tu joues avec les mots. Des cathédrales, tu parles. Tout au plus des églises romanes de base. Je plaisante, je plaisante. Je ne travaille pas avec les Corses. Non, je ne vois que deux questions, encore : le financement de l'opération, et ton impunité. Le coût, c'est bien simple. Tu dis cent cathédrales ? Ça va aller chercher dans les cent millions de francs. Un million par cathédrale, oui — un prix de gros. Le risque pour toi, c'est plus compliqué. Dans le schéma habituel, on travaillerait dès aujourd'hui à détourner les soupçons sur d'autres…

— Ne te préoccupe pas de ça, coupa Jean-Léger. Je te dis que j'aspire à disparaître.

— Tu es prêt à couper tous les ponts ?

— J'en rêve. Non, de mon côté, ce que je vois mal, c'est la partie technique. Tu procéderais comment ?

— Classiquement, tu sais. Je ne travaille pas avec Spielberg, mais avec des gens du métier. Tu permets qu'à ce stade je reste évasif ? Je peux quand même t'assurer deux choses. D'abord, je le répète, c'est une opération qui ne pose pas de problème — je te mets sur la piste : elle n'est pas tellement différente d'une opération militaire lambda, disons de destruction des installations stratégiques d'une puissance ennemie. Tu me suis ? Deuxième garantie, je m'y engage, j'utilise les moyens les plus modernes, et les plus coûteux. J'ai horreur du bricolage. Pour te donner une idée — mais il faudra que tu oublies ça très vite —, c'est moi qui ai négocié le contrat de vente des missiles de croisière aux Émirats unis, en novembre dernier. Tu t'en souviens ?

— Mal, je dois dire.

— Un contrat superbe. Douze milliards de francs, la moitié pour Paris, la moitié pour Londres. Des joujoux prodigieux : des Black Shaheen air-sol, des Mica air-air, le nec plus ultra. Sans compter trente Mirages 2000-9, et leur électronique au sol. Dix-huit milliards, les Mirages. Les Américains en sont verts. Je te raconte ça pour que tu voies le niveau de technicité où j'évolue. Les soldes, le recyclage, ça représente un tas d'emplois, mais ce n'est pas mon rayon.

— Bon », dit Tuffeau, un peu pris de court. Tout allait si vite, tout était si simple, au fond. « Juste une question, encore, à mon tour. Qu'est-ce qui me certifie que je peux te faire confiance ? Que tu ne vas pas, je ne sais pas, me refiler des joujoux démodés, pour reprendre ton expression, dont la moitié fera long feu au décollage ?

— Qu'est-ce qui te le certifie ? Rien, mon vieux. Personne, sinon moi. Mais premièrement, c'est toi qui es venu me chercher. Ma profession, il n'y a pas plus concurrentiel. Je t'ai fait un devis. Si tu veux, tu en fais faire ailleurs. Tu compares, tu prends ton temps. Deuxièmement, je vais te dire une chose, toutes les relations commerciales sont fondées sur la confiance. Sur l'engagement oral, ce qu'on appelle la parole. Tu as ma parole, j'ai ta parole. Quand tu achètes une bouteille de whisky, tu ne demandes pas à y goûter pour vérifier que ce n'est pas de l'eau colorée. Une voiture, c'est pareil, tu ne la fais pas démonter, puis remonter. Après l'achat, en cas de filouterie, tu as des recours. Même chose dans notre affaire : tu ne paies pas tout d'avance, évidemment. Cinquante pour cent à la commande, cinquante pour cent l'opération faite.

— À propos de paiement, quelles sont tes habitudes ?

— J'ai ma société, aux îles Caïmans. Société Irish Stew. On me paie par chèque à l'ordre d'Irish Stew. Rien de plus classique. Je te demanderai juste de passer par la banque Weiss et Fils, à Genève. Des gens très souples, très professionnels, dans leur genre. »

Tuffeau ne se rappelait pas ce que veut dire *stew*, en anglais.

« Pourquoi Irish ? demanda-t-il. Tu vis en Irlande ?

— Non, non. J'aurais pu mettre aussi bien Turkish Stew. Je ne vis pas plus en Turquie qu'en Irlande.

— Bon, dit lentement Tuffeau, bien. Je crois que nous avons vu l'essentiel.

— J'insiste. Fais faire d'autres devis. Prends ton temps.

— Non. Je suis assez pressé.

— À ta guise.

— Je vais marcher avec toi.

— OK. Je prends des contacts, je réfléchis. Toi, pendant ce temps-là, tu débloques cent millions de francs. Tu en fais virer la moitié chez Weiss. Et tu me sélectionnes les cent cibles.

— On se revoit quand, et où ?

— D'ici une quinzaine, ça te va ? Je te rappelle. On trouvera un endroit un peu plus *cosy*. Je m'en occupe. »

On peut être au fond du marasme et au sommet de l'excitation. C'est dans semblable état que Jean-Léger passa la journée du lendemain, dimanche.

Il arriva au ministère à neuf heures — il dut sonner longtemps pour voir apparaître le gardien.

« Et dire qu'il y a des gens pour prétendre que les fonctionnaires sont des planqués, grommela le vieil homme.

— Je ne vous dérangerai plus, promit Jean-Léger. Ne vous souciez pas de moi, je claquerai la porte en partant.

— Vous en avez de bonnes, dit le gardien. *"Vous souciez pas de moi"*... Je suis responsable, monsieur Tuffeau. Responsable de vous comme des murs. »

Jamais Jean-Léger ne s'était assis à son bureau dans une telle jubilation. Beauju l'avait ému : sa disponibilité, son sérieux. Les choses prenaient corps. Cent millions de francs, ce n'était rien. Une tour-lanterne gothique, ou un déambulatoire roman, modèle simple. Une misère, à côté de ce que l'État jetait par les fenêtres à longueur d'année.

La liste était bien avancée. Jean-Léger l'acheva sans quitter sa chaise. Les trente derniers noms lui donnèrent pourtant beaucoup de mal. Autant il était clair que le pays ne perdait rien à l'ablation de ses verrues majeures — Lille, Moulins, Marseille —, autant pour les grains de beauté, les taches de rousseur, on pouvait discuter. Il fallait discuter. Certaines cathédrales bricolées avaient un charme, inexplicable. Belley, Chalon. Certains ensembles « troubadour » quelque chose de touchant. Jean-Léger n'était pas seulement procureur. Au cas par cas, il se fit avocat. Ensuite, il lui fallait trancher. Épuisante dislocation.

À la fin se posa la question redoutable des églises non cathédrales mais pas moins incongrues, pas moins monstrueuses.

Supprimer Saint-Front et garder Montmartre ? Tout ça parce que l'une était cathédrale et pas l'autre ? Ça n'avait aucun sens. Mais Saint-Augustin était encore plus laide que Montmartre ; si celle-ci sautait, on ne pouvait pas sauver celle-là.

La porte du bureau s'entrouvrit — le gardien, le front chiffonné :

« N'êtes pas bien, monsieur le directeur ?

— C'est Saint-Augustin, soupira Tuffeau.

— Un grand bonhomme, à ce qu'on m'a dit.

— Une horreur, oui. Tout va bien, tout va bien. J'en ai presque fini.

— Moi, ça me dérange pas, vous savez. Vous faites ce que vous voulez de vos dimanches. Le gardien de nuit va arriver, monsieur Rodriguez, je voulais vous prévenir, c'est tout. À demain, monsieur Tuffeau.

— À demain. »

Ni Saint-Augustin ni Montmartre. Tuffeau biffa les deux, tant pis. Il s'en tenait aux cathédrales. Il ne pouvait pas s'occuper de tout.

Il avait soif et sommeil, tout à coup. La liste était finie. Le compte y était, cent cibles. Il recompta deux fois et écrivit « Les cent », souligné, en haut de la page. La tête lui tournait.

Il dîna d'une bouteille de brouilly au Royal Valois et, ressortant dans la nuit, fut à nouveau pris d'inquiétude. Cent millions de francs, c'était une somme. Rapportée au budget de l'État, une broutille. Mais pour Jean-Léger Tuffeau, fonctionnaire de catégorie A sans fortune, un paquet. Où allait-il trouver cent millions de francs ?

La question le réveilla dix fois dans la nuit. Il déambulait sur une butte Montmartre couverte de vigne et de peupliers, débarrassée de son Sacré-Cœur. La vue était superbe sur Paris. Et il se réveillait, il fallait qu'il déniche cent millions d'urgence. Il se calmait, essayait de se rendormir. Entre-temps le Sacré-Cœur avait repris sa place, indéboulonnable, narquois.

À cinq heures du matin, Jean-Léger s'envoya une plaquette entière de Stilnox, comme d'autres mangent une tartine.

Il émergea tard et vaseux. Si seulement Beauju lui avait laissé un numéro de téléphone. L'aurait aidé, Beauju. À coup sûr, lui savait où trouver cent millions en vingt-quatre heures. Ses fournisseurs lui concédaient certainement des facilités de paiement. Il devait bien y avoir quelque part au Moyen-Orient une banque spécialisée dans le crédit aux coups fourrés.

Jean-Léger se rendit à pied à son bureau. L'Étoile, les Champs-Élysées, les Tuileries. Il faisait ça de temps en temps. La marche porte conseil. *Je-vais-trou-ver*, scandait-il en esprit et rythmiquement. J'inspire : *je-vais*, j'expire : *trou-ver*.

« Je m'inquiétais, lui dit Anaïs à son arrivée. Il y a bien deux cents personnes à qui j'ai dit ces derniers jours que vous les rappelleriez ce lundi. Elles carillonnent les unes après les autres. Je ne sais plus quoi leur raconter. Ce matin, je n'ai pas pris un appel.

— Vous avez bien fait. Z'attendront.

— Du coup, j'ai eu du temps, continuait Anaïs. J'ai trouvé ça, je l'ai tapé. »

Elle tenait d'une main *la liste*, manuscrite, raturée, reprise, mouchetée de flèches et de points d'interrogation ; de l'autre sa transcription dactylographiée, une sobre colonne avec, en titre, souligné, Les cent.

Tuffeau blêmit.

« C'était confidentiel ? demanda Anaïs.

— Et comment. »

Le téléphone sonnait.

« Laissez, dit Tuffeau. Madame Azaïs, il faut que je vous parle en confidence. Asseyons-nous. Je vous demande de garder le silence sur ce que je vais vous dire. Un silence absolu. Je suis tenu à l'obligation de réserve, vous le savez. Toute indiscrétion concernant cette liste me ferait courir le risque d'être radié de la fonction publique. »

Compte sur moi, promit intérieurement Anaïs. Mon gros chou, qu'est-ce que tu deviendrais ? Tu pourrais te recaser nulle part.

Tuffeau avait pris un air grave. Les cathédrales de France étaient en danger, commença-t-il. Leur entretien coûtait chaque année plus cher. L'État jetait l'éponge. La famille la plus riche ne peut pas *tout* s'offrir : même les Rothschild avaient vendu Ferrière. Des cathédrales, c'était plus compliqué. L'État ne pouvait pas les mettre en vente. Ni les donner. Ni parler seulement de s'en défaire. Rien n'allait filtrer du projet finalement retenu, il s'agissait d'une des opérations les plus confidentielles de la Vᵉ République.

En apparence, on ne changeait rien. On ne discutait pas les cathédrales, on payait ce qu'il fallait pour que brillent ces joyaux du patrimoine. En fait, on abandonnait les moins prestigieuses. En secret, le Budget avait divisé les cathédrales en deux groupes. Les plus célèbres, à peu près soixante-dix, allaient être entretenues à l'avenir comme par le passé. Les cent autres, bien moins connues, et négligées par les touristes, on les laisserait tomber sans le dire. Elles s'effondreraient peu à peu. Il y aurait péril. On les fermerait. On ferait mine de les réparer. Et puis un jour, il faudrait bien se résoudre à les déclarer condamnées — dans vingt, trente, cent ans. Mais de l'eau aurait coulé sous les ponts, les actuels dirigeants mangeraient depuis longtemps les pissenlits par la racine, et les années 2000 resteraient dans l'Histoire comme celles où, miracle, on aurait enfin renversé la vapeur et commencé à réduire la dette de l'État.

Les cent, comprenait Anaïs, décomposée à son tour. Car sur la liste, il y avait *Saint-Pierre-et-Saint-Paul, à Troyes*. Elle avait tapé *Saint-Pierre-et-Saint-Paul.*

« Vous connaissez ceux du Budget, disait Tuffeau, des brutes. Le ministre de la Culture n'a rien pu faire. Cela dit, à sa place, je me serais passé mon épée à travers le corps. »

Et à ta place à toi ? fulminait Anaïs.

Un plan ultra-secret, répétait Tuffeau. Non écrit, bien sûr. Officieux. Et qui serait démenti en cas de fuite, catégoriquement.

Libéralisme, libéralisme, expliquait Tuffeau. « De même on abandonne les petites lignes de chemin de fer, on ferme les hôpitaux qui ne font pas assez de chiffre dans les sous-préfectures, on prépare l'opinion à l'idée de liquider en douceur les vieux malades ruineux pour la Sécurité sociale. »

C'est exact, se disait Anaïs, personne à Paris ne connaît la cathédrale de Troyes. On lirait dans les journaux : elle s'écroule, personne n'irait défiler dans les rues.

Il y avait un animateur du complot, chuchotait Tuffeau. Un fou, qui diffusait l'idée, depuis des années. « Je ne peux pas vous dire son nom, mais je connais ce cinglé, je l'ai entendu. »

Et lui, Tuffeau, qui déjà ne pouvait pas résoudre le casse-tête de l'entretien minimal du patrimoine, il se trouvait avec un problème de plus sur les bras, et de taille : comment sauver cent cathédrales que l'État avait décidé en douce de laisser tomber ? Avec quel argent ? Quels crédits dégagés malgré le Budget, contre le Budget ?

« Vous n'imaginez pas ce qu'est *au fond* un fonctionnaire du Budget, disait Tuffeau. Ces gars-là se contrefichent des cathédrales. Tenez, ils rêveraient qu'elles croulent d'un coup et qu'on ne les ait plus sur les bras.

« Je n'en dors plus, achevait Tuffeau. Vous avez dû me trouver nerveux, ces derniers temps. Il ne faut pas m'en vouloir. Essayez plutôt de vous mettre à ma place. »

À sa place, Anaïs y était depuis plusieurs minutes.

« Vous voulez savoir ce que je ferais à votre place ? demanda-t-elle.

— Dites toujours, acquiesça Tuffeau, humble et las. Et puis oubliez cette affreuse affaire.

— C'est bien simple, je monterais une opération qui mettrait ces cathédrales méconnues à l'abri des menaces. Une opération destinée, précisément, à les faire connaître et aimer. Je prendrais le contre-pied du plan d'abandon. Publicité, promotion, engouement, sauvetage.

— Quelle administration s'y collerait ? dit Tuffeau. Avec quel argent ? Qui piloterait l'opération ?

— Ben, le ministère de la Culture, le directeur du Patrimoine.

— Vous n'y pensez pas. Je serais laminé. Je sauterais dans les trois semaines. M'opposer de front au Budget ? De cette façon ? Ce serait pris comme une provocation. Une insubordination. Et il faut que je reste en place. Je dois être le rempart des cathédrales. Un rempart invisible, la gageure est là.

— Alors, je ne sais pas... Lâchez l'information à l'opposition. Le plan d'abandon, faites-le connaître. Livrez-le.

— Il sera démenti. Tout sera nié.

— Ça ne fait rien. L'alarme aura été donnée. Il n'y a pas de fumée sans feu. Quelques fureteurs enquêteront. Ils mettront la main sur le plan.

— Ils ne trouveront rien. Il n'y a pas la moindre instruction écrite. Non, je vois plutôt une stratégie au contraire souterraine. Et au cas par cas. Faire chaque fois tout ce qui sera possible — avec les collectivités locales, par exemple — pour que soit pris en charge ce que l'État abandonnera… Dans l'ombre aussi, à la marge. C'est la seule solution. »

Ballot, rumina Anaïs dans les jours qui suivirent. Pétochard. Fonctionnaire cramponné à ton fauteuil et ne levant pas le petit doigt de peur d'en être éjecté. Lâche. Ectoplasme.

Elle écrivit au président de la commission des Affaires culturelles de l'Assemblée nationale. Un député qui ne pouvait pas souffrir le ministre de la Culture, et se serait fait une joie de le remplacer.

« Madame, fit répondre ce Mouchetot par retour de courrier, nous avons accordé la plus grande attention à votre lettre du 16 courant. Mais vous pouvez être pleinement rassurée. Après enquête auprès des services responsables, il apparaît qu'il ne pèse aucune menace sur nos cathédrales, ces merveilles qui…, sans lesquelles la France… »

Puisque la représentation nationale ne prenait pas le péril au sérieux, résolut Anaïs, on allait contourner la représentation nationale, et mobiliser l'opinion publique et l'argent privé. L'État n'avait plus les moyens d'entretenir cent soixante-dix cathédrales ? Eh bien, qu'on le dise ! Et qu'on trouve dans la société civile les ressources manquantes. Privatiser, pourquoi pas : mais sans transfert de propriété. Ça devait être possible, quand même, de faire parrainer les cathédrales négligées. Des millions de gens font chaque année des milliers de kilomètres pour visiter la France. Et qu'est-ce que c'est, la France ? Des châteaux, et des cathédrales.

« Et du vin, dit Marie-Blanche Le Vigan. Et des paysages. Mais tu as raison, le coup est jouable. »

La secrétaire exemplaire de Stanislas Rambert s'était montrée comme à son habitude, parfaite. Chaussures vernies et chignon prune, n'empêche, « À cheval », avait-elle dit, sitôt informée. « Il faut créer une fondation, et faire dare-dare la promotion des cent mal-aimées, tu l'as dit. »

Anaïs avait été un peu déformée par Tuffeau, à la longue. Elle eut un accès de scepticisme.

« Le problème va être de ramasser de l'argent, dit-elle en se servant un quatrième café. La fondation ne peut pas annoncer tout de go : L'État se dégage, amis des cathédrales, engagez-vous. À l'heure actuelle, le péril n'est pas apparent. Les gens ne marcheront pas. Surtout si les édiles démentent l'abandon.

— Il faut trouver une astuce, oui.

— Ou un mécène… Tu ne connais pas quelqu'un, toi, que sa fortune encombre ?

— Non. Chez les Le Vigan, on est fonctionnaire de père en fils — qui plus est, protestant. On finit de payer sa première voiture à cinquante ans. Mais c'est toi qui connais une femme richissime. Ton amie mexicaine…

— Benita ! Bien sûr. Je n'ai plus ma tête. Benita bella… »

Anaïs et Benita se connaissaient depuis vingt ans. On ne peut pas dire que l'annonce d'un enfant né de l'esprit d'altruisme ait enchanté les père et mère d'Anaïs. Toutes les familles n'accueillent pas l'ange Gabriel comme il faut. Anaïs venait de passer son bac, elle décida de s'éloigner de Troyes jusqu'à l'entrée en scène du nouveau-né.

Elle éplucha les petites annonces. Dans *Bulles et biscuits de Reims*, la revue dont les producteurs de champagne inondaient la région, on demandait : *« JF pour s'occuper de deux amours. Amérique centrale. Urgent. Écrire au journal qui transmettra. »*

Anaïs écrivit, et reçut en retour une lettre sur vergé gris perle dans laquelle une madame Chancel-Ibáñez lui proposait un rendez-vous à Chaville, à côté de Paris — sinon, n'importe où dans la capitale, au Ritz, au Crillon, comme elle voudrait.

Très bien, Chaville, répondit Anaïs, qui connaissait Paris mais pas ses environs.

Et un jour de septembre, rouge et or, la Bentley envoyée gare de l'Est par madame Chancel-Ibáñez s'arrêta devant le porche gothique du Manor. Le chauffeur n'eut pas un geste, le portail s'ouvrit tout seul, en silence. Anaïs découvrit le castel, dans une forêt de vieux arbres.

Une femme alors apparut sur le perron, Anaïs pensa : diva, puis : Carmen. La belle était pourtant petite, et vêtue d'une robe noire on ne peut plus stricte. Mais ses jambes et ses bras bruns, la tresse lui battant les reins, sa beauté, son allure, les chiens bondissant autour d'elle et les « *¡ Queridos míos !¡ Queridos !* » qu'elle lançait comme des roulades en marchant confirmaient : Carmen, habillée par Dior.

Il y avait sous les arbres une table de bois blanc chargée de glaces et de bonbons. Benita Chancel-Ibáñez y conduisit Anaïs en se présentant. Elle avait sa résidence principale au Mexique, où étaient ses propriétés. Elle avait aussi deux jumeaux de dix ans à Eton, qu'elle allait voir tous les dimanches. Et quelques domiciles dans le monde.

« Autant que j'ai eu de maris, dit-elle. Je vous raconterai. » Mais la France occupait une place à part dans sa vie. Elle ne pouvait en rester longtemps éloignée. « Chancel, c'est français, fit-elle remarquer. Un nom de Briançon. » Elle descendait d'un herboriste émigré au Mexique à la fin du XIXe siècle, et qui avait fondé là-bas une pharmacie, deux, puis douze, puis l'industrie pharmaceutique et chimique. Elle avait du reste toujours un chalet à Puy-Saint-Pierre — « le village de mon aïeul. Mon village à moi, c'est Paris, dit-elle.

— Et les amours dont je m'occuperai, demanda Anaïs, vous les retirez donc d'Eton ? »

Benita rit à gorge déployée, cependant que *Stravaganza*, son parfum, se déployait aussi en volutes autour d'elle.

« Les garçons sont bien là où ils sont, et leur père n'imagine pas une autre éducation ailleurs. Non, les amours sont Rodrigue et Salomon. »

À ces mots, les deux grands barzoïs sortirent des fourrés et posèrent la tête sur les genoux nus de la fée.

« Ils auront dix-huit mois demain, dit Benita. Je les ai trop ballottés dans le monde. Ils ont les intestins fragiles. Il leur faut un peu de stabilité, et un régime qui leur aille, enfin. Je voudrais qu'ils vivent à l'hacienda au moins dix mois sur douze. Mais je les aime à la folie, je ne les confierai qu'à quelqu'un en qui j'aurai une absolue confiance. Vous n'êtes pas la seule candidate à ce poste. J'ai passé des annonces en six langues sur trois continents. »

C'était trop beau, se dit Anaïs, brutalement réveillée.

« Je pose à toutes la même question, continuait Carmen. Si vous étiez chargée de ces deux chiens, que leur donneriez-vous à manger ? »

Anaïs ne s'était jamais occupée d'animaux, elle n'avait pas la moindre idée de ce que mange un chien. Elle risqua le tout pour le tout :

« Je les nourrirais comme moi. Je suis très gourmande. »

Benita la regardait.

« La cuisine française », dit-elle, songeuse. Puis, sur un ton tout différent : « Vous me plaisez ! Vous me plaisez beaucoup.

— C'est réciproque, dit Anaïs au bord des larmes. Dommage.

— Comment ça, "dommage" ? Vous me plaisez *pour ce poste*, dit Benita. Quand pourriez-vous commencer ?

— J'aurais pu commencer demain, mais…

— Mais ?

— ... j'attends un enfant et dans six mois il sera là et vous n'avez probablement pas prévu ça, dit d'un trait Anaïs.

— Je déteste prévoir et ce qui se prévoit, roucoula Benita. Non seulement vous me plaisez, mais vous me surprenez. Où voyez-vous ce bébé naître ? Plutôt près de Troyes ? Plutôt loin ?

— Plutôt loin.

— Alors, où est le problème ? Moi aussi, j'ai eu les jumeaux à dix-huit ans, c'est le bon âge. Ce n'était pas prévu, le croirez-vous ? Leur père voulait absolument m'épouser, j'ai dit : D'accord, mais quinze jours. Je me suis mariée en soie rouge. Mon père à moi était ravi. Cet Anglais snob et beau qui prétendait s'approprier sa fille lui cassait les pieds. Il m'a dit : Quinze jours, cela me semble la limite du supportable. Ma mère a commencé à faire dire des messes pour le salut de mon âme. Elle n'a pas cessé. Je suis la rente de son confesseur. Revenons à vous. Je vous engage, à vous de voir. Restez au moins quinze jours — décemment, je ne peux pas exiger plus de vous.

— Je vous propose que nous fassions le point une fois l'enfant né.

— Comme vous êtes sage ! Combien de temps vous faut-il pour faire votre bagage ? »

Trois jours plus tard, Anaïs découvrait l'avion, l'hacienda, le Yucatán. Elle avait un appartement dans une aile fraîche de la maison, plein de l'odeur des fleurs de magnolia. Elle découvrait aussi ce que c'est que l'ombre. Le soleil, la chaleur, et l'ombre, l'ombre.

Elle se mit au travail avec conscience. Elle avait apporté de France *L'Art culinaire* en mille quarante-quatre pages d'Henri-Paul Pellaprat et autres grands maîtres. Car si, de fait, elle était gourmande, de sa vie elle n'avait approché un fourneau. Elle était douée, elle apprit vite. Rodrigue et Salomon, qui jusque-là n'avaient été nourris qu'une fois par jour, passèrent aux trois repas de règle en France. Ils semblaient apprécier. Ils ne prirent pas un gramme. Benita les trouvait en pleine forme.

Elle traitait Anaïs en petite cousine, lui fit apprendre l'espagnol, l'habilla, la présenta au voisinage.

Elle passait à l'hacienda une semaine sur quatre — en moyenne, car sa vie n'était rien moins que réglée, en effet.

Elle avait une intolérance pathologique à l'ennui.

« Je crois que je ne m'ennuie jamais, découvrait Anaïs.

— Moi, disait Benita, quelquefois je m'ennuie tellement que ça me fait *mal.* »

Le charme de Benita Chancel-Ibáñez, comprenait Anaïs, tenait à ce qu'elle était à la fois Carmen et Micaela. Bonne et tendre, droite, très simple — et personne ne voulait le croire, personne ne s'y laissait prendre.

Cette femme était irrésistible, qu'y pouvait-elle ? Elle avait le goût de la connaissance et des arts, cent projets, mille idées, mais quoi qu'elle fît, quoi qu'elle demandât, on ne l'écoutait pas, on n'avait qu'une phrase : Épousez-moi.

Elle se mariait de temps en temps, pour être déçue, chaque fois. À peine on l'avait épousée, on l'enfermait. Elle s'insurgeait. Elle était sage ! On ne la croyait pas.

Elle filait par une fenêtre. Son avocat, un vieil Écossais de New York, lui faisait la leçon :

« Ce n'est jamais le bon...

— Je ne suis jamais celle qu'il croit, rageait-elle. Un jour, il va falloir que je me couvre de cendre, et que je m'habille d'un sac.

— Vous lanceriez la mode. »

En trois mois, Anaïs avait appris l'espagnol. Elle se mit à l'italien. Le bébé naquit — bel et blond. Elle l'appela Savinien, en souvenir du vitrail de saint Savinien, dans la cathédrale de Troyes, qui, début juin, colorait en jaune et en bleu le premier rang de l'assistance pendant toute la messe de onze heures.

« Quelle bonne raison, dit Benita. Et quel beau prénom. »

Ses fils s'appelaient John et Escamillo.

« Leur père et moi n'arrivions pas à nous mettre d'accord. Nous avons fini par choisir chacun un prénom. Nous nous sommes quand même entendus pour ne jamais dire aux garçons qui avait choisi quel prénom. Je lis dans tes yeux. Ce n'est pas sorcier, penses-tu. C'est ce qu'on se dit pour commencer.

— Et Rodrigue et Salomon, c'est de toi ? d'un mari ?

— Non, là, c'est le hasard. Ils sont nés le 13 mars. On fête deux saints, ce jour-là, et j'aurais encensé le ciel. Leur naissance avait tout du prodige. Leur mère appartient à mon père. Jazzy, une allure folle, un pedigree époustouflant. Quand elle a eu l'âge d'être mariée, on a beaucoup cherché de par le monde un parti digne d'elle. On a fini par le trouver près d'Issoire, chez un vieux baron vivant pour la chasse. Le moment venu, la belle a fait le voyage jusqu'en Auvergne, et le mariage a été consommé. Jazzy est retournée au Mexique, et là, déception, les semaines passaient sans qu'elle perdît rien de sa sveltesse. Il faut la voir, c'est une lame. On avait oublié la déconvenue quand un jour, quelques mois plus tard, elle a semblé bizarre. Mon père a fait venir le vétérinaire, qui l'a félicité : la chienne était en train de mettre bas. C'était ce fameux 13 mars. Mon père m'a donné les chiots. Anaïs, ne dis pas que mes chiens ont des prénoms chrétiens, ça pourrait choquer. Et personne ne connaît ces deux saints, Rodrigue et Salomon.

— Je croyais que pour les chiens de race, chaque année correspondait à une lettre, et que le nom du chien devait commencer par la lettre de son année de naissance.

— Tu as raison. C'est assommant. Ces deux-là sont nés une année en N. Je les ai déclarés Nodrigue et Nalomon. »

Anaïs avait passé quatre ans au Mexique. Elle attendait qu'Étienne ait prononcé ses vœux définitifs. Étienne reconverti en frère Arcisse, elle rentra. Elle ne savait pas trop pourquoi.

Elle était heureuse, au Mexique, et Benita ne demandait qu'à les garder, elle et Savinio. Mais elle voulait rentrer. Elle voyait des raisons dont elle savait que ce n'étaient pas les bonnes. Savinio devait redevenir Savinien (« Tu me fais de la peine, chérie, disait Benita. L'hacienda est un petit bout de France, non ? une île de France en Amérique latine ?... Et moi, je suis la parfaite grand-mère française, non ?... »). Ou bien c'était elle, Anaïs, qui voulait retrouver les saisons d'Europe, et leur virtuosité à jouer du transparent, du frais, du fugitif, toutes ces menues magies délectables dont elle perdait peu à peu le souvenir, un pâle soleil, une ombre légère, les tours de la cathédrale de Troyes sous la neige.

Elle comprit beaucoup plus tard, quand elle fut revenue en France : la vraie raison avait à voir avec les cathédrales, en effet. C'étaient les vitraux qui lui manquaient, les couleurs si particulières des vieux vitraux, changeant au fil des heures et des jours ; les vieilles pierres de la vieille Europe, les villes chargées d'Histoire, les pavés qui font résonner comme nulle part ailleurs les couches de passé sous les pieds, à peine sédimentées, ces siècles évanouis si vivants, pourtant, qu'ils sont le fond de l'air, des conversations, des personnes.

Benita avait compris bien avant Anaïs. Elle facilita son retour.

« De quoi vas-tu vivre en France ? Où vas-tu t'installer ?

— Je ne sais pas. Je trouverai bien.

— J'ai une idée. Le gardien du Manor a le mal du Mexique. Il se fait vieux, il a froid l'hiver. Il veut rentrer, ça tombe bien. Est-ce que tu me rendrais le service de le remplacer ?

— J'aimerais bien, mais... Je ne suis pas très gardienne de nature. Je perds tout. Je ne sais jamais quelle clé va dans quelle serrure...

— Je me suis mal exprimée. Tu habiterais le Manor, c'est tout. Tu ne le garderais pas. On trouverait quelqu'un pour le jardinage. Tu ferais ce que tu voudrais de tes journées. Je vais téléphoner à l'ambassadeur du Mexique à Paris. Il y a un lien de famille entre lui et moi, je ne sais plus trop lequel. Je me demande si nous n'avons pas été mariés un moment. Enfin, tu es maligne comme tout, polyglotte, tu trouveras du travail sans difficulté.»

Ce fut peu ou prou ce qui se passa. Anaïs avait travaillé un temps à l'ambassade du Mexique, puis à la nonciature — elle supervisait les cuisines —, puis au ministère des Affaires étrangères. Elle ne restait jamais longtemps en place, mais c'était de son chef : elle avait par bouffées des envies de Mexique qui la faisaient y filer toute affaire cessante — sans compter qu'elle prenait toujours une semaine de liberté quand Benita se mariait, où que ce fût dans le monde.

Rodrigue et Salomon avaient vécu onze et treize ans, laissant une demi-douzaine de rejetons que l'on continuait à nourrir à la blanquette de veau et à la crème renversée.

En vingt ans, Anaïs n'avait pas eu l'occasion de rencontrer les jumeaux, si bien qu'elle doutait quelquefois de leur existence. Savinien lui avait donné tout le bonheur qu'un enfant peut donner à sa mère, et l'avait fait souffrir en proportion quand il avait pris le large. Elle-même battait son record de longévité dans l'emploi avec ce poste auprès de Tuffeau, qu'elle avait depuis deux ans, maintenant.

Elle joignit Benita au Taj-Mahal, l'hôtel, à Bombay.

« Ce que tu tombes bien, chérie, tu n'imagines pas, lui dit Benita. Harald me suit partout, je n'en peux plus. J'ai essayé de me cacher en Asie, c'est raté, il m'a retrouvée la semaine dernière. Les cathédrales, tu penses, j'arrive. Harald est à moitié patraque, je vais lui laisser un mot pendant sa sieste, *"Suis partie visiter les grottes d'Ellora. Rejoins-moi"*, et je saute dans le premier avion pour Paris. »

Elle débarqua à Roissy à huit heures, fraîche comme la rosée, dans le soleil naissant.

« Mon Dieu, la France, dit-elle en étreignant Anaïs. La lumière d'hiver sur la plaine de France… Je ne sais pas ce que je trouve aux tropiques. À part le fait de porter des robes à dos nu toute l'année. Trêve de sentiment, *corazón mío*, nous avons du pain sur la planche. »

Elle avait fait retenir une voiture et un chauffeur par le pilote de l'Airbus.

« Un homme délicieux. Je suis allée le trouver dans le poste de pilotage. J'étais partie si précipitamment. »

À neuf heures et demie, douchée, vêtue de frais, en l'occurrence grège et blanc, elle grimpa dans une des loges du salon d'apparat du Manor, chanta dix mesures de *La Habanera* en hommage au baryton, son arrière-grand-oncle, devant le chauffeur espagnol, aux anges, et qui se demandait en quelle langue il allait faire sa déclaration d'amour à cette créature de rêve, et voyant entrer Anaïs avec du café fumant, s'écria :

« Une tasse chacun, et en voiture !

— Comment ça, *"en voiture"* ? Tu l'as dit, nous avons à faire.

— Je ne pense qu'en situation. On est bien samedi ? Tu ne travailles pas aujourd'hui ?

— Ni aujourd'hui ni demain.

— Alors, allons-y. Tu as un guide des environs de Paris ? Fais-moi un petit choix de cathédrales, chérie, nous réfléchirons en route à notre plan de bataille. »

Anaïs ne trouva que le Guide vert de Normandie. Un oubli de Savinien, sans doute.

« Je te propose Évreux, pour commencer. C'est à cent kilomètres de Paris. Puis Sées…

— Sées ?

— Le type même de la cathédrale méconnue — sous prétexte que Sées est une petite ville, à l'écart des circuits lambda. Pourtant, je cite, *"un des beaux édifices de l'école gothique normande"*.

— Va pour Sées.

— Pas très loin, il y a Le Mans…

— On verra la suite du programme en route. Tu n'avais pas d'obligations ce week-end, Anaïs ?

— Rien qui ne puisse être remis à lundi.

— Pas de galant susceptible de t'attendre toute la soirée dans un restaurant avec un bouquet de fleurs ?

— Pas ce soir.

— Venez, *amigo*. Nous partons. »

Où trouver cent millions de francs ? Tuffeau s'était posé la question toute la nuit. Il s'y était épuisé toute la semaine. Il allait y avoir huit jours qu'il avait vu Beauju, et il en était toujours à zéro million.

Il avait perdu plusieurs jours, aussi, enlisé sur une fausse piste. D'abord, il n'avait pensé qu'au détournement de fonds publics. En théorie, c'était facile, à un poste comme le sien. Un million subtilisé là sur dix tonnes de pavés façon médiévale, deux ici sur une toiture de cinq mille mètres carrés. Et ainsi de suite, ni vu ni connu, dans la masse.

En pratique, ça se corsait. Chaque fois que Jean-Léger avait un devis en main, chaque fois qu'il se disait : ici, ça va passer, Borel lui apparaissait, son tortionnaire particulier, très net, penché sur son épaule, avec son sourire carnassier. J-L lâchait le devis. Non, ça ne passera pas.

Quatre jours, il s'était éreinté ainsi. De quoi tomber malade. Le garçon beau parleur du Café de la Comédie avait dû noter sa fatigue, il lui avait proposé de l'aide.

« Je vous vois venir prendre un verre toutes les heures. Votre bureau ne doit pas être bien loin. Si vous voulez, je peux vous monter à boire régulièrement — vous me dites, à l'heure pile, au quart, à la demie, c'est vous qui choisissez.

— Bonne idée, avait répondu Tuffeau. Ça me fera gagner du temps. Je travaille au 4, avenue de l'Opéra, à Télésoupe, la société de production qui fait cinquante pour cent des programmes de la Une. Commencez donc par un Pernod, dans une heure. Vous demandez monsieur Dubéton. »

Et il n'avait plus mis les pieds à La Comédie.

C'est quand même au bistrot qu'une autre idée lui était venue. Au Royal Valois, le jeudi soir. Il devait être neuf heures et demie, sortant de son bureau, Jean-Léger s'était accoudé au zinc, pour dîner. Il en était au second plat, une demi-côtes-de-beaune, après un gin-tonic, quand il s'était entendu marmonner la phrase qui lui occupait l'esprit jour et nuit : « Comment faire pour trouver cent millions dare-dare ? »

À son étonnement, un monsieur âgé, sur sa gauche, un homme soigné, genre professeur de droit, ou magistrat de la Cour des comptes à la retraite, lui avait répondu sans le regarder, les yeux dans son verre de pouilly :

« Il n'y a pas trente-six solutions, il faut les voler. Les moyens honnêtes sont lents et peu sûrs. »

Et continuant, après quelques secondes de silence :

« Il y a vol et vol. Il n'est pas courant de tomber sur cent millions en petites coupures dans une valise. On volera donc de préférence un objet de valeur, un bracelet chez Boucheron, ou — ce qui se fait beaucoup, ces temps-ci — une paire de bronzes à Vaux-le-Vicomte, ou dans un quelconque château historique. »

Tuffeau avait regardé ailleurs, payé sans prendre de dessert, et décidé d'abandonner aussi le Royal Valois.

Il n'empêche, l'idée avait fait son chemin en lui, s'était élargie, ramifiée. Des objets de grand prix, il y en avait plein le Louvre, à deux pas. Un quidam avait bien sorti un Corot, l'an passé. Il fallait un bon travail de repérage, deux, trois jours, puis des nerfs d'acier le moment venu. C'était jouable. Beauju accepterait sûrement d'être payé en Corot. Ce serait un jeu, pour lui, de transformer un sous-bois en dollars.

Du reste, il n'y avait pas que les salles, au Louvre. Il y avait les réserves. Les immenses réserves, bourrées d'objets de prix, tous les objets, tous les prix, statues, toiles, émaux, porcelaines… Jean-Léger se connaissait, les salles lui faisaient un peu peur. Pour le repérage, tout irait bien. Mais côté nerfs, il avait ses faiblesses. C'était glisser le Corot sous sa veste, qu'il voyait mal. Il serait beaucoup plus à l'aise dans les réserves.

Il avait passé le vendredi entier au Louvre, consterné par le nombre de visiteurs, de gardiens, de vitrines blindées.

Dans l'après-midi, vers quatre heures, il était tombé sur une dame conservateur — on ne dit pas conservatrice — qui l'avait salué en vieille connaissance — vieux connaissant ne se dit pas non plus. Une forte femme, de taille à faire échouer un fric-frac. Impossible de retrouver son nom. Sans s'arrêter à ce détail, Tuffeau lui avait pris le coude :

« Quel endroit... N'allez pas dire à mon ministre que vous m'avez vu aux heures de service. Quand je n'en peux plus, je viens me ressourcer chez vous. Un quart d'heure de peinture espagnole ou d'Égypte ancienne, et je revis. Je retourne à mes budgets, mes arbitrages... »

La dame avait semblé touchée, Tuffeau avait poussé son avantage.

« Il y a une chose qui m'enchanterait, je ne sais pas si elle est possible. J'aimerais visiter les réserves.

— Les réserves ? C'est un mythe, vous savez. Un fantasme. Elles ne sont pas ouvertes au public. Je pourrais bien sûr vous arranger une visite particulière, si vous y tenez. Vous serez déçu, je vous préviens. Il y a de belles pièces, mais en général encombrantes — ça va de soi. Ce qui est beau et petit trouve toujours sa place dans une vitrine. Les Chine et les camées sont dans les étages. Dans les caves, on a la statuaire monumentale de second ordre, les toiles de plus de quatre mètres sur quatre, les tapisseries non restaurées encore, vous voyez... Les bas-reliefs... »

Jean-Léger aurait dû y penser tout seul. Il s'était senti une soif terrible, et avait tourné les talons sans autre façon. L'amour de l'art, quand même, s'était émue, les yeux sur lui, la dame conservateur à qui c'était passé depuis longtemps. Elle se reprochait d'avoir été brutale.

Jean-Léger se serait flanqué des gifles. Le plus grand musée du monde, le plus près de son bureau : il ne s'était pas trop fatigué. C'était du tourisme, son projet. Il avait poussé la porte du Nemours, et commandé un verre de chablis. Rien qu'à Paris, il existait des dizaines de petits musées, où les gardiens dormaient paisiblement. Et puis il n'y avait pas que les musées. Des milliers d'objets d'art s'empoussiéraient sans surveillance aucune, dans les bureaux ministériels, les cabinets, chez les conservateurs en chef, les directeurs d'établissements publics, les délégués généraux à ci et à ça. Pas plus tard qu'à Noël, le ministre de la Culture s'était fait accrocher face à son fauteuil une paire de Van Loo, la mère et la fille, également décolletées. « Ça me change des costumes-cravate », disait-il.

Le Mobilier national : ça, c'était une idée. Tout le monde savait que le Mobilier fondait à chaque changement de gouvernement. Cela faisait partie des petites consolations admises, on était viré, on partait avec les vases de Sèvres qui vous avaient regardé travailler sans compter deux ans durant. Personne ne savait plus ce qu'il restait au Mobilier. La bonne idée… Jean-Léger avait sifflé son chablis cul sec, et ne s'était aperçu qu'en retrouvant son bureau qu'il était parti sans payer. Tant pis, il laissait tomber le Nemours. L'important, maintenant, c'était de se faire ouvrir les entrepôts du Garde-Meuble national, aux Gobelins. Et sans être reconnu.

Ce vendredi soir, non. En semaine, aux heures de bureau, Tuffeau risquait d'être repéré. Il tenterait sa chance le lendemain. Un samedi, le Garde-Meuble serait fermé, le personnel absent. Jean-Léger irait au culot, il se présenterait au gardien de service comme une des huiles de la Culture, il lui raconterait un bobard pseudo-professionnel, on le laisserait entrer. Je ne viens pas me choisir des appliques, je suis le directeur des Belles Choses, j'ai l'impression qu'une tapisserie détenue au Mobilier et qu'on donne pour quelconque est bel et bien de Lurçat. Par exemple. Ça ne ferait pas un pli.

Ce samedi, donc, où Benita, fraîche comme une glace à la rosée, mettait le cap sur Évreux, Sées, après on verrait, Jean-Léger, jaune comme un coing, passait le porche en ciment armé du

Mobilier national, au bout de la rue Berbier-du-Mets. « Monsieur ! Eh, monsieur », entendit-il aussitôt : le gardien, de son habitacle, lui faisait signe de le rejoindre. Un homme entre deux âges, qui visiblement n'avait pas l'intention de se lever ; assis devant un grand registre, sur une petite table.

« Bonjour, dit Jean-Léger. Jean-é-er-Tu-eau, directeur, euh, à la Culture.

— Le samedi, c'est le jour des directeurs, énonça le gardien. Ce matin, vous êtes le…

— Permettez ! le coupa Tuffeau. Je viens pour la première fois, et c'est ès qualités. Il y a au Mobilier une tapiss…

— Moi, ça me regarde pas, l'interrompit à son tour le gardien. Vous venez faire votre marché, c'est votre affaire. Je vous demanderai juste la même chose qu'à votre collègue rentré il y a cinq minutes, d'inscrire dans mon registre vos nom, fonction, adresse professionnelle. Je mettrai l'heure, vous occupez pas de ça, l'entrée, la sortie. »

« Corentin Celton, directeur de la comptabilité évasive au Budget. Bercy, pièce 189 612 » : Tuffeau relut deux fois l'inscription, en haut de la page blanche datée 20 février 99.

« Ça m'ennuie », bredouilla-t-il.

Il ne pouvait pas prendre le risque de tomber sur Borel, ou le vieux magistrat si ficelle de la Cour des comptes, ou un de ses camarades de promotion. Son histoire de Lurçat ferait le tour de la fonction publique.

« Ce qu'il y a », reprit-il, sentant la sueur perler à la base des cheveux, sur son front, « c'est… Tenez, imaginons que monsieur Celton, justement, ait jeté son dévolu sur cette tapisserie…

— La première fois que vient un directeur, c'est toujours comme ça », dit le gardien, impitoyable. « Il recule. Il fait demi-tour. Plus tard, il se ressaisit, on le voit revenir. »

Tuffeau tourna un bon quart d'heure à pied, dans ce treizième nord, avant de retrouver sa Fiat par le plus grand des hasards. Assis dans la voiture, il prit conscience qu'il n'aurait couru aucun risque à tomber sur Borel. — Tiens, tiens, Borel, aurait-il dit. — Tiens, Tuffeau, aurait dit Borel. Tope là. Motus et bouche cousue.

Voilà ce que le cerbère appelait *se ressaisir*, sans doute. Mais Tuffeau avait mal au ventre, il allait attendre un moment avant de se représenter.

Il rentra chez lui et se coucha. Ces nuits blanches, à la longue. Avant d'attaquer Vaux-le-Vicomte — la piste Vaux-le-Vicomte — il devait reprendre des forces. On n'était jamais que samedi matin, l'infini samedi, veille du dimanche infini, il n'était encore que dix heures cinq, rien ne pressait. J-L avait froid, il enfila le manteau de Marie-Martine, prit son grand pull violet comme oreiller et s'endormit sur le canapé.

« Écoutez ça, dit Anaïs à la hauteur de Mantes. L'histoire de la construction de la cathédrale d'Évreux. Je résume. Il n'y a pas eu moins de quatre cathédrales, l'une après l'autre, au même endroit. La première voit le jour au début du Xe siècle ; il n'en reste rien. La deuxième, achevée en 1076, brûle quarante-trois ans plus tard pendant la guerre entre le comte d'Évreux et le roi d'Angleterre. Aussitôt on entreprend de la reconstruire. La troisième cathédrale est terminée en 1140. Mais en 1194, Philippe Auguste la fait incendier avec l'ensemble des monuments d'Évreux, dans son combat contre Jean sans Terre, à qui il dispute la Normandie. On met trois siècles à relever les ruines, et à bâtir l'actuelle cathédrale. Au XIIIe, la nef est remontée. Début XIVe, c'est le tour du chœur et de son déambulatoire. Les chapelles latérales sont à peine debout que, dans la seconde moitié de ce même XIVe, Évreux est encore assiégée deux fois, et la cathédrale à moitié détruite. On a pris un peu de retard, qu'importe, on continue. On est au XVe siècle, on construit le transept, la tour-lanterne, la façade nord et son portail. La consécration de la cathédrale a lieu en mars 1548. Pour autant, on ne se refuse pas des ajouts de taille, ici et là. La façade principale date de la fin XVIe, ainsi que le portail ouest, la tour nord du XVIIe. Au XIXe, on restaure, et on enjolive, on met au goût du jour la flèche et autres parties hautes. Au XXe, on restaure encore, mais c'est après la guerre de 40, la cathédrale a été bombardée et très endommagée.

— J'adore ce genre d'histoire, dit Benita. Moi qui suis si futile. Quelle constance et quelle invention. Cent fois sur le métier remettez votre ouvrage, mais changez chaque fois, innovez, surprenez.

— Futile, futile... La succession de tes mariages a quelque chose à voir avec une cathédrale, au fond », dit Anaïs, sérieusement.

Diego, le chauffeur, sentit son cœur battre plus vite. Il serait l'artiste espagnol qui parachèverait l'édifice, la touche inattendue, magistrale.

Notre-Dame d'Évreux les émerveilla tous les trois. Il faisait beau et froid, la façade classique et le palais épiscopal formaient un ensemble superbe, dans une boucle de l'Iton d'où émergeaient de très vieux saules.

« Il y a un mystère, jubilait Benita. Un miracle — montre ton guide... Le palais date du XVe, la façade est XVIe, la tour-lanterne XVIIe. Aujourd'hui, à Paris, quand on plante une pyramide de verre et d'acier au milieu de la cour Napoléon III du Louvre, on crée du hiatus, c'est un fait. L'œil est heurté, et il faut tout le conformisme progressiste de l'esprit pour lui faire accepter *l'idée* — la chose, c'est une autre histoire. Mais ici, l'œil est à la joie. Une des tours a son chapeau, l'autre non ; derrière, pointe une flèche. Et au total, ça va, c'est peu dire. C'est le hasard, et c'est heureux. C'est extravagant et exquis.

— Tout comme toi, dit Anaïs. Ça se confirme. »

Ils passèrent une heure dans la cathédrale.

« Allez, Diego, dit Benita à peine ils y étaient entrés, faites le mari. Lisez-nous le guide. »

Diego défaillit de bonheur, et deux minutes après de dépit. Benita n'écoutait pas. Elle flottait sur le clapotis de la voix masculine, radieuse, l'œil doré.

Diego lut tout, le « chœur d'une beauté parfaite », la « lumière souveraine », les « vitraux les plus beaux du XIVe siècle », les « clôtures de bois Renaissance » des chapelles du déambulatoire, les « verrières du XVIe » avec leurs fleurs de lys, leur brochette de pairs de France, et Louis XI en personne, de toutes les couleurs.

« Continuez », disait Benita. Diego se faisait l'effet d'être un page sans nom, parmi cent autres, interchangeables. Il souffrait mille morts, mais pour rien au monde il n'aurait cédé sa place.

À midi, quand ils ressortirent, Benita serra les épaules, frissonnant.

« Est-ce que ce n'est pas le genre de ville où les magasins ferment entre midi et deux ? Je claque des dents, dit-elle. C'est ma faute. J'aurais dû emporter un vrai manteau. La laine de lama, je ne connais pas plus doux, mais ça ne tient pas chaud, c'est trop fin. »

Diego fut parfait. Il se renseigna, vite et bien, au Syndicat d'initiative (« Une fourrure pour une grande dame »), prit un sens interdit, et à midi vingt-cinq, Benita avait acheté chez « Pierre Henri, cuirs-peaux-fourrures. Travail aux mesures », place de la République, et pour un prix, il est vrai, sur mesure, une pelisse de vison tout à fait portable.

À Sées, ils trouvèrent porte close. Rien, du reste, ne permettait de penser qu'on ouvrait jamais. Pas d'affichette, pas d'horaires. Aucun signe de vie dans la maison. Benita passa les doigts sans rien dire sur les pierres du porche tout abîmées, de part et d'autre du portail.

La place était déserte. Sous le ciel parfaitement bleu, la cathédrale apparaissait ingrate et sale.

« Tu vois, dit Anaïs, ça commence. C'est commencé. On ne l'a pas retapée depuis quarante ou cinquante ans, elle est devenue moche. Apparemment, personne ne s'émeut de la voir fermée. Un jour, on mettra une palissade autour, avec un écriteau : “Péril”. Le tour sera joué.

— *Le type même de la cathédrale méconnue*, rappela Benita. Je vais l'aimer. Je l'aime. »

Elle entraîna ses troupes chez le boulanger, sur la place, se fit expliquer où étaient les clés, laissa Diego et Anaïs avec la boulangère et mission de manger le plus possible de sablés, fila sonner chez les sœurs de la Sérénité, à deux pas, obtint du jardinier qu'il allât chercher la tourière, et de la tourière les clés, pour un quart d'heure, et par exception.

Un quart d'heure, en effet, c'était un maximum. La température dans Saint-Latuin avoisinait les cinq degrés. Mais ni Benita ni sa garde ne regrettèrent la plongée. Autant l'extérieur était noir, autant l'intérieur était beau, grand vaisseau à claire-voie, presque nu, presque vide, illuminé par ses verrières et par ses roses.

La sœur tourière tenait prête une tisane chaude.

« Nous n'en sommes pas là », dit Benita, gracieuse. « La pneumonie ne s'est pas encore déclarée. »

La sœur alla chercher un cidre, formidable. Benita leva son verre « aux bâtisseurs, aux religieuses, aux boulangers, et aux pommiers ».

« Amen », dit la tourière.

De Sées au Mans, il pouvait y avoir cinquante kilomètres. Une route droite, dans un paysage un peu déprimant : des champs remembrés sans mollesse, des bâtiments de ferme témoignant d'un égal mépris et de l'écologie et de la poésie bucolique, des troupeaux de moutons boueux.

D'une éminence, à Saint-Saturnin, on vit apparaître Le Mans.

« Arrêtez-vous, Diego », dit Benita.

Diego ne ralentit pas. Il était en train de versifier sa déclaration. Il avait opté pour le français — déjà, ce n'était pas le choix de la facilité —, pour le vers français, qui plus est. À cœur battant, rien d'impossible. Depuis Sées il essayait les vers irréguliers, huit pieds, huit pieds, six pieds, quatre pieds, six pieds, huit pieds, huit pieds. Ç'aurait été très bien, mais il n'y arrivait pas. Il venait de se rabattre sur l'alexandrin.

« Diego-Diego-Diego », chantonna Benita.

Cette fois, Diego quitta l'empyrée lyrique.

« Madame ?

— Arrêtez-nous dès que possible, je vous prie. »

Diego obtempéra. En plus, cette femme avait l'alexandrin dans le sang.

Benita était descendue de voiture, et regardait intensément la ville, en contrebas. On devinait la masse de la cathédrale.

« Chacun de ces clochers est un trésor, dit-elle, presque durement. Aucun ne doit disparaître. Anaïs, ton histoire est épouvantable. Dans notre univers si desséché, si profane, ces tours sont les dernières flèches en direction de l'autre monde, les derniers rappels du divin… Je dirais aussi de l'humain. Il y a du beau et du bon dans le monde, qui n'attendent que l'homme pour se déployer. Du sublime. Voilà ce que nous disent ces flèches : Levez les yeux ! Levez les yeux de vos écritures et de vos calculs. Soyez humains ! Soyez divins !

— Il y a deux ans, dit Anaïs, j'ai eu à faire trois kilomètres à pied dans une campagne à demi morte, près de Dreux. C'était pour Arcisse, un possible débouché pour les pommes de son couvent, dans une conserverie de fruits, à Broué. Au téléphone on m'avait dit : “Vous n'avez pas de voiture ? Si, si, c'est accessible par le train. Personne ne le fait, mais c'est possible.”

« J'ai pris le train à la gare Montparnasse, jusqu'à Marchezais. Un endroit sinistre. La plaine, à perte de vue, des champs de céréales, en l'occurrence verts, il pleuvait. On était en mai. À Marchezais, j'ai cherché quelqu'un à qui demander mon chemin. Il n'y avait pas âme qui vive. C'est une gare de marchandises, sans un employé, sans cahute, un quai vide — j'avais été la seule à descendre. Et autour, pas une maison : une demi-douzaine de silos monstrueux, et des camions, allant et venant. Je n'ai pas trouvé un café, pas un magasin. J'ai pris au jugé, vers une petite agglomération qui me semblait pouvoir être Broué. Je ne l'aurais pas repérée si elle n'avait eu une église. J'ai traversé la voie ferrée, passé un pont au-dessus d'une autoroute. Après, c'étaient des champs, sous le crachin. Je marchais le long d'une route où personne ne devait jamais marcher, car il n'y avait pas le moindre trottoir. J'avais froid. Des camions me doublaient, sur la route, et une voiture de temps en temps. J'étais la seule silhouette humaine visible à la ronde, dans cette plaine verte, terrifiante. Je marchais, dans mes petites chaussures trempées. Devant moi, le clocher de Broué grossissait lentement. Et je me rappelle m'être raccrochée à ce clocher comme un marin dans une mauvaise passe à un phare. Ce clocher, c'était une église, de l'humain, des gens qui s'étaient regroupés pour vivre et peut-être pour s'entraider. Il ne devait plus venir grand monde, à l'église de Broué, l'église était même sans doute fermée. Ça ne faisait rien. Il y avait eu là de l'humain, il devait en rester quelque chose. J'ai imaginé le même endroit, dans cent ou deux cents ans, sans plus de piétons du tout, ni de clocher ni d'église. Plus de volées de cloches — le désert. »

Jean-Léger se réveilla à cinq heures. Il avait rêvé de Marie-Martine — l'avait vue, belle, mon

Dieu, une pile de vêtements sur le bras, qui le regardait avec une expression de dégoût.

Il se leva, vit sur lui son manteau, à elle, de plus en plus fripé. Vieux truc de conte de fées : pour faire réapparaître l'être perdu, dormir dans son manteau.

Il y avait un papier, par terre, dans l'entrée. Le truc avait marché. Dix lignes manuscrites, au crayon, au travers d'un imprimé :

Apparemment, tu ne lis plus ton courrier, tu ne relèves plus les messages sur tes divers répondeurs. J'espère que tu reprendras conscience avant dimanche soir. J'ai besoin lundi de cette procuration signée de toi. Il y a preneur pour l'appartement. La signature de la promesse de vente est mardi matin. À dater de ce mardi, tu as trois mois pour déguerpir, jour pour jour.

M-M

Benita n'en revenait pas. Elle se faisait redire par Anaïs ce que Diego venait de lui apprendre, l'histoire de Saint-Julien du Mans. Comment, parce qu'un incendie avait à demi démoli la cathédrale du XIe, on en garda la nef, romane et de taille moyenne, mais côté chœur, on entreprit de faire quelque chose d'immense, de céleste, enfin d'une autre ambition. Deux cathédrales emboîtées, deux styles — un roman pur et dur, et un gothique échevelé.

« Tu ne le sais peut-être pas, dit Anaïs, mais la distinction des styles est une invention du XIXe siècle. Jusque-là, on s'en fichait bien. On construisait ce qu'on pensait le plus beau, sans aucun souci de conformité à ce qui précédait. De là ces juxtapositions qui ne choquaient personne, et que le XIXe a souvent fait sauter, sous prétexte de restaurer.

— C'est ça que j'aime », dit Benita, en faisant un tour sur elle-même, les bras en balancier et tout vison dehors. « Saint Julien, prince de la fantaisie ! Grand patron de la liberté ! Plus c'est composite, et plus ça me plaît. Chacun a apporté sa pierre, taillée selon son inspiration. Il y a de tout dans ces cathédrales, comme à la surface du globe : des aras de vingt-cinq couleurs et des souris grises, des savants et des funambules, des femmes fatales et des nonnes ironiques — comme il y aura de tout au paradis, j'espère. Chérie, ne me dis pas qu'au ciel, tout le monde est en aube blanche, avec une auréole modèle unique !

— Encore une vision XIXe. Regarde les anges chez les primitifs italiens, ou flamands. Ces manteaux, ces ailes : on dirait du Christian Lacroix. Je suis comme toi, j'ai du mal à assimiler Résurrection et uniforme. Non, s'il y a survie, je vois mal que ce ne soit pas survie de la personne, dans tout son chatoiement. Et pour ce qui te concerne, je ne t'imagine pas transformée en enfant de chœur pour l'éternité. »

Après une nuit d'épreuves encore, où il n'avait dû qu'au vieux filou de la Cour des comptes d'échapper de justesse à la conservatrice, lancée à leur poursuite un reliquaire au poing, Jean-Léger se traîna jusqu'à sa cuisine, en quête d'un café noir ou d'un quelconque décapant. Un pigeon, sur le garde-corps, de l'autre côté de la fenêtre, se mit à vociférer à son arrivée.

« Qu'est-ce que tu dis ? articula Jean-Léger à grand-peine.

— Cinquante millions ! Pas cent, Ducon. Cinquante ! » roucoula l'oiseau de mauvaise grâce, avant de décoller lourdement.

Cinquante millions… Jean-Léger lâcha la cafetière, qui alla se fracasser sur le carrelage. Bien sûr. Ce n'étaient pas cent millions, mais cinquante, qu'il avait à payer très vite. Il entendait Beauju : cinquante pour cent à la commande, cinquante pour cent en fin d'opération.

Il se fit un rhum-lait brûlant. Il venait de trouver cinquante briques, ça se fête. Encore un oiseau de bon conseil, et il aurait les cent.

Le dimanche matin, Benita eut envie de Loire. Ils avaient passé la nuit dans un petit château-hôtel, à la sortie du Mans, sur la route de Laval. Vieux meubles et tissus rayés, service soyeux, cuisine simplissime. Seul le chocolat du matin déçut Benita.

« Inconsistant, dit-elle. Un vrai chocolat, c'est autre chose. Le tien est bien meilleur — Anaïs, allons voir le chef. »

Le chef était aussi l'hôtelier-châtelain. Il mit Anaïs à l'épreuve, admit sa supériorité et proposa de l'engager.

« Et quoi encore ? dit Benita. C'est mon amie, je la garde.

— Restez aussi, dit l'amphitryon. Ma femme est partie à Noël avec le sommelier. Je suis libre à pleurer, et riche à ne savoir que faire — c'est elle qui dépensait. Épou...

— Pas de mots en l'air ! l'arrêta Benita. Vous tombez mal. Je me suis trop mariée, jusqu'ici. Je fais une pause. Par contre, un peu plus de brioche serait bienvenu. Vous nous faites apporter ça ? »

Ils prirent la route peu après. Le temps était toujours superbe.

« Cap à l'est, confirma Benita. Je voudrais voir les cathédrales de la Loire. Je connais les châteaux de la Loire, pas les cathédrales. »

Ils arrivèrent à Blois au beau milieu de la grand-messe.

« Restons, chuchota Benita. J'adore. Je devrais y aller plus souvent. »

Ils attendirent la fin de l'office pour faire leur visite. La façade ravit Benita.

« Quel collage, ici encore ! riait-elle. Regardez, on ne voit plus que la moitié de la façade gothique. Sur l'autre moitié, on a plaqué une tour-lanterne — à quelle époque ? À la Renaissance, non ? Ou plus tard ? Quel culot. Et l'ensemble est charmant.

— Au fond, moi, dans les cathédrales, dit Anaïs, c'est l'intérieur que j'aime. Je ne suis pas très portée sur le bon Dieu, je ne vais pas à la messe, et je ne pense à la Sainte Vierge que dans les moments de panique, n'empêche : rentrer dans ces cathédrales, ça me touche au cœur. Ça me fait du bien. Peut-être même que ça m'aide. Ces constructions invraisemblables ont une fonction bien à elles. Elles sont là, elles seront toujours là, on peut les négliger, les oublier, elles seront toujours ouvertes, avec leur ombre si peuplée, leur odeur si particulière, leur silence et dans ce silence, l'écho du moindre pas. Toujours, elles rappelleront que l'essentiel, dans la vie, est ce qui ne sert à rien : la beauté, la musique, les cathédrales, la générosité, la tendresse… La démesure dans la bonté… »

Pendant le déjeuner, à Chambord (*« face au château, gibier du domaine, desserts maison »*), Benita questionna le chauffeur.

« Comment s'appelle votre femme, Diego ?

— Qu'est-ce qui vous fait penser que je suis marié ? demanda Diego, blême.

— Ça », dit Benita, désignant du menton l'alliance, très dorée sur son annulaire brun. « Et puis, la chose va de soi : un bel homme comme vous. De votre côté, vous avez dû faire le même raisonnement sur mon compte. Mon mari s'appelle Harald.

— Ma femme s'appelle Anna », dit Diego, avec la dignité qu'on retrouve au fond du désespoir.

Jean-Léger lançait des canettes sur Saint-Augustin. Il s'y prenait comme un manche. Avec la grille, aussi, ce n'était pas facile. Une fois sur deux, son tir était trop court. Cinquante millions, fulminait-il. Où trouver cinquante millions en six jours ?

Grande avait été sa désillusion, après l'euphorie de la fin de matinée. Dénicher cinquante millions au lieu de cent, somme toute, et nonobstant le paradoxe arithmétique, c'était le même problème.

Il était sorti de chez lui à deux heures, à bout de nerfs. Il avait pris le boulevard Pereire jusqu'à la place homonyme, puis l'avenue de Villiers, au hasard. Tous les cafés du dix-septième étaient fermés — les cafés-cafés. Il n'allait quand même pas entrer dans un des restaurants faussement province et archi-cossus caractéristiques du quartier (tous dénommés, d'ailleurs, « Le petit ceci », ou « Le bistrot de cela »), et demander : « Un côtes-du-rhône, pour commencer, ensuite on verra. »

Il l'avait fait, pourtant, ou tout comme, après un bon quart d'heure de marche. Un petit chinois était ouvert, rue Brémontier, à côté du métro Wagram. Les rois du commerce, les Chinois. Ne refusent jamais une occasion de gagner un sou, et si ce n'est un sou, un client. Jean-Léger avait commandé un apéritif maison, une première bière, une autre, puis un alcool — chinois, comme l'apéritif, comme les bières — sans que le personnel impassible y trouvât rien à redire. Des rois.

Revenu à l'air frais, incapable de rentrer chez lui, J-L était parti dans la direction opposée, descendant, tête baissée, le boulevard Malesherbes. Et il était tombé sur Saint-Augustin. Saint-Augustin lui était tombé dessus, une montagne, un monstre.

Il y avait une poubelle, sur le flanc de la bête, débordant de canettes vides. Jean-Léger fut saisi d'une fureur physique, il attrapa un par un ces projectiles à lui offerts et commença à bombarder les murs noirs de l'église.

Un dimanche d'hiver à cinq heures : il ne passait presque personne dans le bas du boulevard Malesherbes.

Une vieille dame s'approcha pourtant, rose de colère.

« Monsieur, dit-elle, vos convictions sont les vôtres, et moi, figurez-vous que je les respecte. Alors vous allez respecter les miennes, et cesser sur-le-champ vos pitreries anticléricales !

— Le bon Dieu n'a rien à voir là-dedans, essaya d'expliquer Tuffeau.

— Le bon Dieu *habite* là-dedans, rectifia la vieille dame. Filez, monsieur ! »

Elle chercha quelque chose de vraiment grossier.

« Barrez-vous ! » lança-t-elle de toutes ses forces.

Benita aima moins Orléans.

« Peu importe, dit-elle. Elles sont inégales, là n'est pas la question. Il faut les garder toutes. C'est à cela qu'on reconnaît une démocratie : elle garde tout. Un tyran choisit : ça oui, c'est beau ; ça non, c'est affreux. Dans une démocratie, va savoir : hier on détestait le style Louis XV, aujourd'hui on l'adule. Les grosses coupoles du Sacré-Cœur, Chancel n'aime pas, Ibáñez adore : elles le font penser à des seins de nounou géante, elles le mettent de bonne humeur. La démocratie ne fait pas le tri. Le tri, c'est *Le meilleur des mondes*. Allez, rentrons. La cause est entendue. »

Sur l'autoroute vers Paris, ils restèrent un moment silencieux. Diego roulait à 160. Il avait essayé de mettre Anna à la place de Benita, dans sa déclaration en alexandrins. Ça ne collait pas. Question de métrique, il manquait un pied.

« Hier, dit Anaïs, nous avons vu Évreux, Sées et Le Mans, aujourd'hui Blois et Orléans. Sur les cinq, trois sont condamnées.

— Non, gémit Benita. Pas trois ! »

Anaïs avait sorti la liste de son petit sac à dos.

« Regarde plutôt. Sées, Blois et Orléans. »

Benita ne regarda rien.

« Je refuse, dit-elle. Et je m'organise. J'ai fait ça dix fois, pour la pyramide de Chichén Itzá, pour les derniers léopards blancs, pour les parents quinquagénaires abandonnés par leurs enfants, j'en oublie... J'appelle Mac Intosh, à New York — c'est mon homme de loi. On crée une fondation. Je la dote. On lui trouve un beau nom, on la lance à grand bruit et le tour est joué : les projecteurs de l'actualité sont braqués sur les cathédrales en péril, plus personne ne peut rien contre elles.

— Oh, Benita, commença Anaïs, tu es tellement...

— D'ailleurs, chérie, continuait Benita, à propos de projecteurs, si Savinio pouvait nous monter un lumière-et-lumière pour chacune de ces cent cathédrales… Symboliquement, tu imagines l'effet… »

Ils dînèrent à La Tour d'argent, tous les trois, histoire de bien voir Notre-Dame.

« Ah, non, votre canard au sang, la barbe, dit Benita. Je prendrai un boudin-purée. »

Anaïs et Diego partagèrent un canard. « Il faut avoir pris ça une fois », avait dit Benita d'autorité.

« Je jouerai le numéro au tiercé », dit Diego avec ferveur.

Et Anaïs :

« Connaître Benita, c'est avoir déjà gagné. »

Jean-Léger avait beau se raisonner, j'ai besoin de deux fois moins d'argent qu'avant-hier, je suis deux fois moins tendu, c'est simple, il arriva au ministère dans un état de nervosité qui fit de la peine à Anaïs. Ce grand pâlot infoutu de s'opposer à une politique scélérate prenait quand même ses cathédrales à cœur.

Elle décida de ne pas le faire attendre.

« J'ai la solution, pour les cathédrales », dit-elle dans son dos, comme elle le suivait jusqu'à son bureau.

« Non, l'arrêta Tuffeau, le journal, je n'aurai pas le temps aujourd'hui. Je vais encore passer ma semaine à courir après les crédits. Une urgence. »

Anaïs se gratta la gorge.

« Je n'ai pas parlé de journal, dit-elle. Votre problème est le mien, et j'entrevois une solution.

— Enfin, de quoi parlez-vous ?

— Je vous ai trouvé cent millions.

— Comment ça, cent millions ? Pour quoi faire ? Et pourquoi précisément cent millions ? »

Anaïs recula d'un pas.

« C'est une première estimation, je ne sais pas. On s'est dit : cent cathédrales, cent millions, pour commencer ça ne serait pas mal. Mais si vous pensez... »

Tuffeau la regardait avec des yeux fous. Elle respira et reprit :

« Il y a juste huit jours, vous savez, vous m'avez parlé de ces cathédrales que l'État va abandonner en secret. Eh bien, j'y ai pensé toute la semaine, j'ai...

— Ah, mon Dieu. » Tuffeau fit non de la tête. « J'avais oublié que vous étiez au courant. Tout ça est tellement explosif, tellement confidentiel. »

Il prit un air inquisiteur :

« Et en huit jours, vous avez trouvé cent millions ?

— Enfin, pas moi toute seule », commença Anaïs.

Elle lui dit deux mots de Benita. Une fortune immense, une passion pour la France. Une réaction de mécène à l'annonce d'une menace, même à long terme, sur les cathédrales.

« Je pourrais rencontrer cette femme ? demanda Tuffeau.

— Il *faut* que vous la rencontriez. Elle n'attend que ça. Elle ne sait pas trop à quel ordre faire son chèque. Vous allez devoir vérifier les statuts de sa fondation, lui trouver un trésorier, une adresse. Après ça, il faudra mettre au point le programme des restaurations, le gérer dans la durée… Benita est une fée, pas une femme pratique.

— Anaïs, c'est vous, la fée. Vous m'émerveillez. »

Tu en fais, une tête, constatait Anaïs. Pour un bonhomme émerveillé… Qu'est-ce que c'est que ce sourire ?

« Quand puis-je voir votre amie ?

— Je l'appelle. »

À la porte, Anaïs s'arrêta, avec une petite grimace :

« Vous avez l'intention de la recevoir ici ?

— Qu'est-ce que vous voulez dire ?

— Eh bien… C'est une femme gâtée par la vie, qui aime…

— Ce qui brille ?

— Je dirais plutôt ce qui bouge, ce qui la fait rire.

— Et ici, ce n'est pas amusant ? »

Anaïs joignit les mains devant sa bouche.

« Je suis avec vous, monsieur. Je voudrais que l'affaire se fasse. Benita vit dans un univers très brillant, où une seule chose est proscrite, le sérieux. À l'anglaise, vous voyez : on peut être parfaitement sérieux, on l'est d'ailleurs souvent, mais en aucun cas ça ne doit apparaître.

— Et alors ? En ce qui nous concerne ?

— Peut-être pourriez-vous la rencontrer au cabinet d'un grand avocat ? Ce genre d'endroit, voyez… Question de moquettes, de gerbes de fleurs.

— Non, dit Tuffeau. Non. » Il s'était rembruni. « On ne va pas commencer à mêler des intermédiaires à tout ça. On n'en sortirait pas.

— Madame Chancel-Ibáñez a parlé de faire travailler son avocat new-yorkais au projet de fondation.

— Un Américain ? » Tuffeau était de plus en plus sec. « Comment voulez-vous qu'un Américain s'y retrouve, en droit français ? Une fondation américaine et une fondation française, ce n'est pas la même chose. Non. Je ne vois pas ça du tout. Écoutez, ne nous précipitons pas tête baissée dans une voie sans issue. Je suis très sensible à l'offre de votre amie. C'est peu dire. J'en suis bouleversé, et j'aimerais que vous le lui fassiez savoir. De deux choses l'une, pourtant. Ou cette dame travaille avec moi, et moi seul, ou elle travaille sans moi. Ce que je peux lui apporter, c'est ma connaissance du dossier, et de l'administration française en général. Et il y a de quoi dérouter un juriste américain, dites-le-lui aussi. Si elle travaille avec moi, ce sera ici, pas au Ritz. Il n'y a pas d'orchidées, ici, pas d'hôtesse à faux cils, elle prendra la mesure de la pauvreté de l'État français. On travaillera modestement, mais bien. Sans tapage, et à fond.

« N'allons pas trop vite. Je vous propose de répéter à votre amie ce que je viens de vous dire. Je suis prêt à la recevoir ici, en tête à tête. Je me fais sur-le-champ apporter des statuts types de fondation, je m'y mets tout de suite, personnellement. Dites-lui que je l'attends avec impatience, que son heure sera la mienne, mais qu'il n'y aura pas d'orchestre, ni de girls.

— Je vous ai mal parlé d'elle, dit Anaïs. Ce n'est pas un politicien texan.

— Tant mieux, on devrait pouvoir s'entendre. Il sera toujours temps d'aller fêter chez Maxim's notre première cathédrale sauvée.

— Je vais voir si elle peut déjeuner avec moi, dit Anaïs. Vous avez raison, il faut que je la mette au courant du *style* de l'administration française. Elle doit être assez loin de l'imaginer. »

Un peu après trois heures, Benita Chancel-Ibáñez entra sans frapper dans le bureau de Jean-Léger Tuffeau, suivie d'une Anaïs détendue.

« Monsieur », dit-elle, se défaisant de son vison comme elle devait le faire le matin de son peignoir de bain, et dévoilant une perfection de petite robe, sable, fluide, idéalement moulante, « je suis la femme la plus sérieuse des deux Amériques. »

Tuffeau était passé devant son bureau. Il s'inclina, très raide, en direction d'une menue main brune, atteignit ce qui lui sembla l'or froid d'un bracelet. Une odeur merveilleuse lui monta à la tête. Il ne reprit ses esprits qu'en entendant Benita poursuivre :

« De votre côté, c'est sérieux ? Cette histoire affreuse ? On laisserait tomber mes cathédrales ?

— Madame, dit Tuffeau, personne à part nous trois n'est informé de ce projet en effet monstrueux. Il ne faut pas l'ébruiter. »

Il avait fait asseoir Benita à sa table, sous la fenêtre. On frappa à la porte. Deux chasseurs entrèrent, porteurs d'un magnum de champagne, dans son seau, de coupes de cristal et de fleurs, sur un plateau d'argent.

« Attendons cinq minutes avant de nous congratuler, dit Benita, que je sois bien sûre de pouvoir vous être utile. »

En moins de cinq minutes, elle était rassurée. Tuffeau lui remit les statuts de la fondation. Sans les lire, elle signa à côté de la mention *Le Président*.

« Je me charge de l'agrément du ministère de l'Intérieur, dit Tuffeau. Maintenant, il nous faut un vice-président et un trésorier.

— N'allons pas chercher midi à quatorze heures, trancha Benita. Anaïs sera vice-président. Voulez-vous me faire l'honneur d'être trésorier ? »

Tuffeau calligraphia son nom en face de la mention *Le Trésorier*. Il avait la main qui tremblait.

« Dernière formalité, dit-il, nous devons ouvrir un compte en banque, où seront versées les ressources de la fondation.

— Ne compliquons pas », dit Benita, faisant apparaître entre les doigts de sa main droite un réticule de la taille d'un chéquier. « Je vous signe un premier chèque, je le fais à l'ordre de la fondation, à charge pour vous, monsieur le trésorier, d'ouvrir dès que possible le compte et d'y verser ces cent millions. Au fait, comment l'appelons-nous, cette fondation ? »

Tuffeau avait pensé à Fondation Chancel-Ibáñez. Benita fit la moue.

« C'est ennuyeux comme tout. Mettez plutôt Cent Beautés françaises, ce sera plus sexy.

— Comme vous voudrez. Avez-vous une préférence pour une banque ?

— Aucune. J'ai des comptes un peu partout. À vous de voir. Et maintenant, en avant ! Soyons actifs. La première chose à faire est d'établir le programme des restaurations.

— Madame, vous l'aurez dans dix ou quinze jours. Cela représente un certain travail. Nous ne voyons que trop ce qui presse, le point délicat est l'ordre des priorités. Je ne sais comment vous remercier…

— Je sais, moi. Ouvrez donc cette bouteille, et servez-nous à boire. »

Tuffeau but trois coupes l'une après l'autre sans vraiment s'en apercevoir.

« Dans quelque temps, reprit-il, quand notre programme d'action sera arrêté, nous ferons de la publicité.

— J'allais le dire, approuva Benita.

— Il faudra trouver d'autres donateurs, développer notre action... »

Benita leva son verre :

« À notre collaboration.

— Je ne sais comment vous..., recommença Tuffeau.

— Vous trouverez, le coupa gentiment Benita. Mais ne me proposez pas le mariage, je l'ai déjà.

— Le mariage ? Comme vous y allez ! Non, dit Tuffeau, on publiera une plaquette sur le travail qui aura été fait. Ou même un livre, après quelques années d'existence de la Fondation.

— Moi, j'aimerais bien un jour la Légion d'honneur », dit Benita, moins gentille, soudain.

Tuffeau la regarda. Elle ne plaisantait pas.

« Ce rouge, ce blanc, ce vert, je la trouve ravissante. Sur un cachemire noir... »

Tuffeau fut au sommet de la butte Montmartre à la tombée du jour. Il avait rendez-vous à Genève le lendemain à midi avec Oscar Weiss, un des Fils.

« Je vais juste noter votre nom et votre numéro de téléphone », avait dit la secrétaire à l'accent merveilleusement paisible, après avoir proposé l'heure du rendez-vous.

« Monsieur Marmor, s'était entendu dire non moins tranquillement Tuffeau, 01 42 75 80 00. »

C'était le numéro de Matignon, un des rares qu'il connût par cœur. Il en valait un autre.

À Genève, dans la foulée, Tuffeau ouvrirait le compte de la Fondation, y déposerait le chèque de Benita, et s'en ferait établir un autre, de cinquante millions, à l'ordre de la société Irish Stew. Il n'imaginait pas Benita allant contrôler dans son dos les mouvements sur le compte. Ce type de vérification comptable n'avait pas l'air de figurer au nombre de ses agissements usuels. Et puis, il aurait fallu qu'elle eût le nom de la banque, le numéro du compte, toutes choses dont elle avait l'air de se soucier comme d'une guigne.

En revanche, Tuffeau l'avait noté, côté tralala, pompe, hommage officiel, il n'avait pas été à la hauteur. Elle en voudrait plus. Il fallait qu'il pense à lui en reparler. Il pourrait peut-être la présenter au ministre. À Beauju en ministre de la Culture...

Un vent méchant le décoiffa, venu de l'ouest. Voilà Sées qui prend peur, s'amusa-t-il. Il chercha la direction de Sées, lui fit face, ferma les yeux, imagina un monceau de décombres à la place de la ziggourat. Puis il se tourna vers Orléans, vers Lyon... Au-delà, il y avait Saint-Étienne, Orange, Marseille, derrière, au nord, Boulogne, Lille... Tuffeau ouvrit les bras, les yeux toujours fermés, il fit un tour complet sur lui-même. Il sentit un sourire terrible forcer les commissures de ses lèvres.

Ambalagonda Ratnapura, de Ceylan, gris de froid malgré le bidon-brasero qui lui tenait lieu de fonds de commerce, attendait pour finir sa journée d'avoir vendu un vingtième cornet de marrons chauds. Les mains dans les poches de son anorak, il observait ce maigre indigène dansant sur place, les yeux fermés. Certainement un vieux rite pour conjurer le froid, se disait-il. Il avait vu, enfant, sous les cocotiers, sur les plages, des hommes danser comme ça tout doucement pour faire venir la pluie.

Tuffeau avait rouvert les yeux, croisé les bras, repris l'immobilité du vainqueur. L'importance d'un homme dans l'Histoire, c'était fou, quand même. D'un homme seul… Et sa supériorité, à lui, Tuffeau, sur un de Gaulle ou un Soljenitsyne, c'est qu'il aurait le triomphe absolument secret. Son geste accompli, il disparaîtrait, lui. Il plongerait dans l'anonymat. Peut-être, un jour, beaucoup plus tard, écrirait-il quelques pages sur son action. Mais ce serait pour les boucler dans un coffre, en Suisse. Il n'en ferait pas état de son vivant.

Il acheta un cornet de marrons chauds à un petit Algérien en anorak à cent lieues d'imaginer à qui il avait affaire. Il ne s'était pas senti aussi excité depuis longtemps et il mourait de faim.

Et de vingt, pas trop tôt : Ambalagonda Ratnapura fermait. Il prit le chemin du funiculaire, avec sa boutique. Ça tombait bien, il commençait à avoir un peu peur de cette espèce de mage impuissant.

Beauju rappela le mercredi.

« On se voit toujours samedi ?

— Je suis pressé, dit Tuffeau. Je te l'avais dit. Tu pourrais venir plus tôt à Paris ? »

Beauju ne marqua pas cinq secondes de réflexion.

« Demain soir, proposa-t-il. Neuf heures et demie. Note l'adresse : 14, rue du Mont-Thabor. C'est près de la Madeleine.

— Une chose, dit Tuffeau en même temps qu'il notait. Ces derniers jours, j'aurais aimé pouvoir te joindre. Ça ne t'ennuierait pas de... »

Mais Beauju avait raccroché.

Le Tender love, rue du Mont-Thabor, était tendu de liberty dans les verts. Des tables juponnées, des lampes d'opaline. Bref, l'opposé de L'Étoile Bar. Beauju devait marcher par action-réaction.

Il portait un costume beige un peu jaune.

« Tu as la liste des cibles ? demanda-t-il sans tourner autour du pot.

— J'ai la liste. Et le chèque », dit Tuffeau sortant l'un, puis l'autre de son cartable.

« Parfait, dit Beauju sans décroiser les mains. Moi, j'ai mon plan. »

Tuffeau poussa le chèque jusqu'à lui. Un cinq et sept zéros, une virgule, encore deux zéros.

« Voilà. » Sa voix tremblait un peu. « Émis par la banque Weiss. À l'ordre d'Irish Stew. Dis-moi, maintenant. Comment vas-tu t'y prendre ? Raconte-moi tout.

— Tout, non, dit Beauju. Tu te comportes comme si tu ne courais aucun risque, tu as tort. Imagine un couac, une enquête, des questions. Moins tu en sauras, moins tu en auras à dire.

— Allez…, insista Tuffeau. Tu comptes utiliser des explosifs ?

— Des charges à poser à l'avance ? À la main ? Pour cent cibles à traiter simultanément ? Tu rigoles. Accessoirement, tu serais roulé dans les grandes largeurs. Il y en aurait pour cent mille francs, pas pour cent millions. Pourquoi pas des cocottes-minute remplies de grenaille ? Non, je te l'ai dit, je suis cher, mais je suis moderne. On a des moyens autrement sophistiqués que le plastic, aujourd'hui. Tu n'as pas regardé la guerre du Golfe à la télévision ? »

Il y avait une blonde un peu mûre, au bar, une fille aux lèvres noires, qui téléphonait à mi-voix. Beauju lui fit signe.

« Qu'est-ce que tu prends ? demanda-t-il à Tuffeau.

— Un gin-fizz.

— Un gin-fizz, un whisky », dit Beauju.

Le chèque n'était plus sur la table. J-L fixait l'endroit où il l'avait posé. Le chèque avait disparu, pas la liste.

« Par contre, reprit Beauju, ce qu'il faut qu'on discute, c'est la date de l'opération.

— Tu me laisses le choix ?

— Pas vraiment. » Il sortit un calepin, l'ouvrit à la page du calendrier, au début. « Nous sommes aujourd'hui le 25 février. J'ai les premiers fonds, les cent cibles. Il me faut huit à dix jours pour passer à l'acte. Reste à savoir si tu as un jour de préférence dans la semaine, une heure.

— Et comment », dit Tuffeau. Lui aussi avait l'ongle de l'index sur le calendrier de son agenda. « Je ne veux pas un mort. On ne peut opérer qu'au milieu de la nuit, et sûrement pas un samedi soir. Tu dois savoir ça, toi : quel est le jour de la semaine où les Français sortent le moins ? Je veux dire : le soir ?

— Le dimanche soir, dit Beauju, péremptoire. La lundite est très répandue en France, et plus sévère qu'ailleurs. Le Français reprend des forces le dimanche soir.

— Est-ce que tu peux être prêt le dimanche 7 mars au soir ?

— Ça devrait aller... Oui. Marchons pour le 7 mars dans la nuit. C'est-à-dire le lundi 8, aux premières heures du jour.

— Tu penses à quelle heure ?

— Trois heures du matin. Là, tu n'as vraiment plus grand monde dehors, en province. Je ne me trompe pas, les cathédrales sélectionnées sont toutes en province ? »

Beauju parcourait la liste des yeux.

« Oui, dit Tuffeau. Il y a Lyon, quand même, Marseille. Tu es sûr qu'un dimanche soir à trois heures du matin — je m'entends, un lundi à l'aube — il ne se trouvera pas devant Saint-Jean, à Lyon, un groupe de fêtards insensibles à la lundite ? Je ne sais pas, moi, des touristes. Ou des chômeurs.

— Et quand bien même. Je ne voulais pas te donner de détails techniques sur mon plan, mais tu vas en avoir, tu l'auras cherché. On a maintenant des moyens de destruction remarquablement précis, rappelle-toi — on sait faire sauter le deuxième étage d'un bâtiment et pas le premier, tu me suis ? l'aile gauche et pas le corps principal. Tu peux être tranquille. Une cathédrale, ce n'est pas le parvis d'une cathédrale. Tu comprends ? J'arrête. Je vais finir par tout te dire sur mes engins, leur nom, leur spécification.

— Non, non, dit Tuffeau. Juste un point, encore. Tu travailles avec qui ? Des Français ?

— Tu ne sauras rien de mes collaborateurs. Mais en fait de Français, nous sommes deux sur le coup, toi et moi. À mon tour de te poser une question. Ton avenir. Je suis préoccupé par ton avenir.

— Je t'ai dit que je partais.

— J'ai bien noté. Tu m'as même demandé, pour le prix, de m'occuper de ton établissement à l'étranger. Je m'en occupe. Je t'ai trouvé un point de chute dans un endroit du monde où personne ne pensera à te chercher.

— Dis un peu.

— Plus tard. Ce n'est pas ton départ qui me soucie. Ni ta disparition. Rien de plus courant. C'est ta subsistance dans les années à venir. Tu comptes vivre de quoi, loin de Paris ? Tu y as pensé ?

— Oui. Enfin, dans le principe. J'ai la ferme intention de travailler.

— C'est bien, ça. C'est une noble idée. Tu travailleras à quoi ?

— Je verrai. Si tu me disais, aussi, où tu m'envoies.

— Au paradis du commerce. Un coin du monde qui doit ressembler à Chicago au début du siècle. Tout le monde rêve d'y faire fortune, tout le monde le peut, tout le monde s'y essaye.

— Tu vois…

— Tu n'es pas tout le monde. Un fonctionnaire français, c'est fragile. Ça n'a jamais vraiment appris à compter. Je vais droit au but : je me demande s'il ne serait pas utile de mettre de côté un ou deux millions, sur les cent, pour les premiers mois de ta nouvelle vie. »

Tuffeau s'était redressé sur sa chaise.

« C'est mal me connaître, dit-il. J'ai une mission à mener à bien, une mission de service public. Les fonds dont je dispose iront à cette mission, et à elle seule.

— Bon, dit Beauju. Je t'aurai mis en garde. Là où je t'envoie, le diplôme de l'ENA ne vaut pas lourd. Mais après tout, tu pourras te fixer ailleurs. Et si tu changes d'avis, si tu as besoin d'argent, je serai là. »

Tuffeau rapprocha sa chaise de la table et baissa la voix.

« À propos, je voulais te demander… Il faut que je puisse te joindre. On rentre dans la phase opérationnelle, dès que tu seras reparti, il me viendra à l'esprit dix questions. Laisse-moi un numéro de téléphone. Je viens de te faire un chèque de cinquante millions.

— Un numéro, non. Impossible, dit Beauju. Mais je te comprends. Écoute, c'est moi qui vais t'appeler. Tu es dans l'annuaire ?

— Oui, oui.

— Donne-moi une heure, chez toi.

— Eh bien… Dix heures du soir.

— C'est convenu. Je t'appellerai tous les deux jours, à vingt-deux heures, chez toi. On est jeudi, je t'appelle samedi sans faute. Et si ce n'est pas assez, je t'appellerai tous les jours. Mais tu sais, c'est à moi de bosser, maintenant. Tu as fait ta part. À mon tour. Ne t'inquiète pas. »

Il posa un billet de cent francs sur la table et se leva. Tuffeau crut, un instant, qu'il allait laisser la liste sur la nappe, mais il la prit et la plia en quatre avant de la glisser dans la poche intérieure de sa veste.

« Vous n'aurez pas de problème d'identification des…

— … cibles ? dit Beauju. Dans un pays comme la France ? Avec ces pures merveilles que sont les cartes Michelin ? Aucun problème, sois rassuré. On a commencé le travail de repérage, je peux te dire qu'à côté du Koweït, question localisation des objectifs, c'est du nanan. »

Il m'ennuie, il m'ennuie, se dit Benita pour la centième fois. Cette fois-là, elle sortait de chez Christian Lacroix, rue du Faubourg-Saint-Honoré. On peut travailler avec sérieux *et* panache, Lacroix en était la vivante preuve. Est-ce qu'il y avait plus sérieux que ses robes ? le tombé de ses jupes dans le biais ? le drapé de ses petits cache-cœur ? Est-ce qu'il y avait plus enlevé ? plus gai ?

Benita n'avait rien à reprocher à Tuffeau, au contraire. Il avait levé un lièvre monstrueux, une chimère technocratique qu'il allait prendre au piège. C'était quelqu'un de bien.

Tout de même, « une plaquette, ou un livre »... Faire entrevoir à une femme qui vous remet cent millions par amour du beau, de la France et des cathédrales, qu'on pourra lui consacrer une plaquette, ou un livre...

On peut travailler dans le rire. Les essayages avec Christian étaient des parties de rire, inoubliables. Du théâtre. De la poésie pure.

Et cette robe que Lacroix venait d'imaginer pour elle, il allait bien falloir que Benita trouve une occasion de la mettre. Ce n'est pas la peine d'être à Paris et d'y laisser un argent fou si c'est pour rester en beige et en noir.

Et il faudrait une grande occasion, pour une robe pareille.

« Je te donne le thème, avait dit Benita. Le vitrail. Maintenant, maestro, à toi de jouer. Les vitraux de toutes les couleurs des grandes cathédrales. »

Lacroix en avait les yeux qui brillaient.

« Laisse-moi un peu de temps, Bébé », avait-il dit, tournant comme un chat autour de Benita « Peut-être pas tellement de temps, au fond. Il me vient une idée. Le matériau t'est égal ? Tissu, ou autre chose ? Tu me donnes carte blanche ?

— Tout sauf blanche ! avait ri Benita. Bleu, jaune, rouge ! Vert, violet ! Toutes les couleurs des vieux vitraux ! »

Et il ne suffirait pas de la porter, cette robe. Il faudrait qu'elle soit photographiée. On ne porte pas une robe de Christian Lacroix pour soi seule, et ses invités. C'est à tout le monde, un chef-d'œuvre.

« Une plaquette, un livre »... Benita vit avec plaisir le reflet dans la vitrine d'Hermès de son spencer de chinchilla. Une plaquette... Peut-être. Mais pas seulement.

Jean-Léger l'aurait parié. Il ne s'était pas passé vingt-quatre heures, depuis son entrevue avec Beauju, et il avait des questions plein la tête.

Nanan, il s'était débrouillé, il avait trouvé ce que ça voulait dire dans le Petit Robert. *Nanan : friandise, chose délicieuse. C'est du nanan : c'est très agréable, très facile.* En français d'aujourd'hui : c'est du gâteau.

Mais d'autres questions demeuraient sans réponse. Comment Tuffeau paierait-il les cinquante millions restants ? Le solde. Au paradis du business. Il aurait changé de nom, là-bas, il ne serait plus le trésorier de toute confiance de la Fondation. Ça ne lui serait pas facile de donner des instructions à Oscar Weiss.

Et puis payer le solde, payer le solde. Ça allait de soi en cas de succès. Mais en cas d'insuccès ? Beauju n'avait pas évoqué l'éventualité d'un échec, même partiel. Une opération militaire, pourtant, c'est comme une opération chirurgicale, ça ne connaît pas le cent pour cent de réussite. Qui sait si ça ne connaît pas le cent pour cent d'échec ? Qu'est-ce qui était prévu, dans ce cas ? Une assurance, ou genre ? Et en cas de demi-succès, pour ne pas dire demi-échec ? Beauju avait parlé de recours, la première fois que Tuffeau l'avait vu. Il en parlait en général : mais dans le cas très particulier qui les intéressait, devant qui s'exerçait le recours ?

Beauju devait appeler samedi soir. Jean-Léger ne tiendrait jamais jusque-là. Il attrapa le Bottin administratif, entre l'annuaire de l'ENA et les deux tomes du *Dictionnaire des cathédrales*, sur la petite étagère au-dessus de son bureau. Pollen travaillait-il toujours à l'Armement ? Il y avait un bail que Jean-Léger ne l'avait vu. Oui, Pollen, toujours là, Pierre-Étienne, ingénieur en chef à la Direction technique des engins.

« Allô, Pollen ? Pierre-Étienne ?... Comme tu dis, un bail... Écoute, si, il arrive que la Culture ait besoin de l'Armement. Je vais droit à ce qui m'amène. La DST me donne une information qui m'a d'abord paru ni plus ni moins loufoque, mais dont je ne sais plus maintenant que penser. J'aurais besoin de ton avis d'expert... Au téléphone, ça m'ennuie... Je préférerais, oui... Très bien, demain, si ta femme m'autorise à distraire une demi-heure de ton samedi... Comment dis-tu ?... Au Cercle militaire, à côté de Saint-Augustin. Si, si, je vois très bien. Ce n'est pas que ce soit ma cantine préférée, mais Saint-Augustin, ça compte, à la direction du Patrimoine... Une mocheté ? Tu y vas fort... Évidemment, ce n'est pas la Sainte-Chapelle, mais ces coupoles, cette espèce de collage de citations architecturales, je trouve ça tordant, pas toi ?... Tu as raison, reparlons-en demain... Pour le café, à deux heures. À demain. »

Ressortant du Cercle militaire, en plein jour, pourtant, visibilité très convenable pour une fin février, Jean-Léger ne vit même pas Saint-Augustin. Il ne lui lança ni injure ni mauvais sort. Ce n'était pas l'échec, qu'il risquait, c'était de provoquer un bain de sang. Sur cent cathédrales visées, il n'était pas déraisonnable de penser que les neuf dixièmes seraient détruites. Mais ça ne se ferait pas sans une hécatombe.

Bien sûr, Tuffeau n'avait pas parlé de cathédrales à Pollen.

« Voilà, avait-il dit, d'après la DST, il y aurait une menace sur les cent plus célèbres châteaux français. Si, une menace de destruction. Ça paraît dingue, hein ? Chambord, Chenonceaux, toute la suite. Versailles, parfaitement. J'ai réagi comme toi, à qui cela peut-il bien profiter ? Toujours est-il que les patrons de la DST sont sur le coup, et qu'ils ont jugé bon de me mettre au courant. Tu les connais : sérieux, pas sérieux, ils ne veulent pas se prononcer ; pour eux, tout est sérieux, et les barjos sont à prendre au sérieux autant, sinon plus que les autres.

« J'ai commencé par trouver l'histoire très marrante, mais maintenant, je n'en dors plus. Je voudrais bien retrouver le sommeil, et c'est là que ton avis d'expert me serait précieux.

« Ma question est technique. Imaginons qu'un fanatique quelconque, et qui en a les moyens, décide de balancer cent missiles dernier cri sur cent châteaux français. Combien passeraient à travers les mailles de la défense antiaérienne ? »

Pollen n'y avait pas été par quatre chemins. C'était un roux, râblé, que n'impressionnait pas grand-chose. Il tenait à ce qu'on prononce son nom Poll*in*. I-n, comme Suffr*in*, le bailli de Suffren. Il avait fait la moue :

« Tu vas être déçu. Tout dépend, bien sûr, de la localisation de tes châteaux. Mais étant donné ce que je sais de la carte des hauts lieux du tourisme en France, les trois quarts devraient sauter, pour ne pas dire les neuf dixièmes. Tout le territoire n'est pas protégé par la défense antiaérienne, ça va de soi. Seuls seraient épargnés les châteaux proches des sites stratégiques. »

Tuffeau avait insisté :

« Des missiles, par les temps qui courent, ça s'intercepte en vol.

— Dans un pays sur le pied de guerre, et à condition qu'on ait une idée de leur destination. Mais que demain ou après-demain — c'est bien ça ? — cent missiles soient dirigés sur cent châteaux en France, ils seront repérés au décollage par les Américains. C'est une chose. De là à être interceptés…

— Je commence à comprendre l'attitude de la DST, avait dit Tuffeau. C'est effrayant. Si je te suis bien, Saddam Hussein déciderait de réduire en poussière Chambord et compagnie, on ne pourrait pas l'en empêcher ?

— Saddam n'a pas ce qu'il faut pour une opération pareille. Mais un émir du Golfe, oui. »

Tuffeau avait fait celui qui n'est pas près de retrouver le sommeil, et commandé un second cognac.

« Donne-moi quelques détails, si tu veux bien. Je ne connais rien à l'armement moderne, mais je crois savoir que les tirs peuvent être d'une très grande précision. Est-il imaginable que les châteaux soient détruits sans qu'il y ait de victimes, ou quasiment pas ? Tu vois, le château s'effondre, et les jardiniers, dans le parc, les yeux ronds, ne lâchent même pas leur râteau... »

Pollen avait été très net.

« Ne rêvons pas. C'est un film américain, ça. Je veux dire que seuls actuellement les Américains possèdent les engins de haute précision dont tu parles. L'émir de base ferait du travail beaucoup moins propre. »

Un exemple, avait demandé Tuffeau.

« Un exemple ? Je prends le premier qui me vient à l'esprit, c'est juste pour te donner l'échelle. Ton cinglé viserait Notre-Dame de Paris, il ferait sauter toute l'île de la Cité. »

C'était immense, l'île de la Cité. Jean-Léger y tourna de quatre à cinq, ce même après-midi, il y retourna la nuit tombée. Jamais il n'aurait cru qu'il pût y tenir autant de monde. Il faisait beau, ce samedi, mais froid, et on n'était encore qu'en février. L'île était pourtant pleine de touristes.

Du calme, lui répétait Tuffeau. À trois heures du matin, il n'y a plus un touriste à proximité de Notre-Dame. D'ailleurs il ne se passera rien dans l'île de la Cité. Il n'a jamais été question de toucher à Notre-Dame. Et à Moulins ou à Sées, les touristes…

Les touristes sont à l'hôtel, enchaînait Jean-Léger, et l'hôtel sur la place de la cathédrale. Il était aux cent coups, mais lucide, enfin. Beauju l'avait mené en bateau. Tirs de haute précision, premier étage et pas rez-de-chaussée — le monstre. Cinq cents ou mille morts ne lui faisaient ni chaud ni froid. « Moins tu en sauras, mieux ce sera. » Ben voyons.

Tuffeau n'était pas démonté. Tu t'affoles comme un imbécile. Au fond, les choses sont simples. Le tout est maintenant de savoir quelle surface représente l'île de la Cité, de reporter la surface en question sur chacune des cibles et de voir : là où trop de monde est menacé, on abandonne. On remanie la liste, ce n'est pas la mer à boire.

Mais la seule cathédrale en rase campagne que connaissait Jean-Léger se trouvait en Corse, à côté de Bastia, la Canonica ; et elle était superbe, elle avait la taille d'une église de village sur le continent, il n'était pas question de l'éliminer.

Tuffeau changeait de ton. Sois honnête, à la fin. Tu savais bien qu'il y aurait quelques victimes. Tu regardais ailleurs. Maintenant, tu vois les choses en face, ce n'est pas agréable. Mais on ne fait pas d'omelette sans casser d'œufs, ce n'est pas à toi que je vais l'apprendre.

Alors, évidemment, tu peux te passer d'omelette. Tu renonces à l'opération, rien ne change, on continue à bichonner les cathédrales les plus ringardes au même titre que Chartres, tous les Blasne du pays s'écroulent les uns après les autres et toi, tu traînes encore vingt ans ta vie de planqué dans une administration qui ne sait plus distinguer le beau du laid, ni la politique culturelle de la démagogie.

P-parfaitement, répondait Jean-Léger, la voix pâteuse. La nuit était tombée, il se retrouvait sur l'île. À nouveau l'île de la Cité. Il avait essayé de rentrer chez lui, pourtant, de s'y reposer un peu. Il se rappelait vaguement s'être assis sur le canapé, en face du téléphone, avoir compté quatre heures, qu'il se passerait quatre heures avant le coup de fil de l'autre menteur, s'être senti étouffer. Il avait bu deux ou trois verres, il ne savait plus trop de quoi, côtes-de-ceci ou château-cela, dans deux ou trois cafés, il ne savait plus trop où.

Vauban le fit asseoir de force sur les marches, rue de la Colombe, sous la plaque signalant qu'à cet endroit s'élevait un peu auparavant l'enceinte gallo-romaine.

« Tu vas ouvrir les yeux, oui ? Là, regarde. Il n'y a plus un chat, vrai ou faux ? »

Il n'y avait plus personne, en effet. Jean-Léger y voyait très bien. Il n'y avait que des immeubles, à touche-touche, où brillaient des fenêtres, par dizaines. Derrière quoi des centaines de bonnes gens s'apprêtaient à dîner, puis à dormir, jusqu'au matin.

« Il a dit ça ? "Une plaquette, et peut-être un livre"... ?

— Tel quel, dit Benita. Je n'invente rien. »

Dimitri Trofimov laissa tomber ses deux poings sur la nappe à carreaux, les yeux au plafond, dans le grand mime de l'affliction de bistrot. Quand Benita l'avait appelé, chez Publi-Trof, la veille, il avait accepté d'enthousiasme de chambouler son agenda pour dîner avec elle — il ne désespérait pas de l'épouser un jour —, avant de se récrier : « Ah, non ! Au Ritz ou au Crillon, pas question. Je ne supporte plus les nappes blanches. Je vais t'emmener dans un caboulot du douzième que nous sommes quelques-uns à connaître à Paris. J'hésite, remarque. Pour peu que le patron te reconnaisse, il appellera *Paris-Match*, son bistrot sera lancé, et il passera à la nappe blanche. »

Benita s'était ouverte de son dépit entre le céleri-rémoulade et le haricot de mouton.

« Une plaquette ou un livre… C'est signé du haut fonctionnaire français, fulminait Trofi. Je le vois d'ici, ton Tuffeau : long, maigre, un peu voûté, et l'accent du seizième…

— Tu le connais ?

— Je *les* connais. Ils se ressemblent tous. Incapables de voir grand, inaptes à une action d'éclat, inhibés à l'idée d'une décision qui les engage Frileux, coincés. Oh, bavards, donnant le change, "Mes services" par-ci, "Mon ami le directeur du FMI" par-là… Mais au fond, terrorisés par l'action. J'ai toujours pensé qu'en France, on entre dans la fonction publique par peur du monde, et pour s'en protéger. »

Tuffeau était rentré à pied rue du Sergent-Hoff. Ça l'avait dégrisé. Beauju allait l'entendre. Le fumier, l'arnaqueur. Ah, il avait cru faire un coup, fourguer à un pigeon ses stocks de vieux missiles. Eh bien, il lui faudrait revoir sa copie. Car il y avait des techniques de démolition propres, tout le monde le savait. On avait vu à la télévision des tours de quinze étages s'effondrer sans un pli sur elles-mêmes. Beauju était resté beaucoup trop flou sur les moyens qu'il comptait employer, Jean-Léger n'aurait pas dû l'accepter. Mais il avait compris, il allait exiger des précisions. Et si Beauju n'était pas fichu de mettre au point un plan zéro mort, on se passerait de ses services. Il rendrait les cinquante millions. On trouverait un artificier plus sensible.

Beauju appela à dix heures juste. Tuffeau vida son sac. Il ne nomma pas son informateur, il dit : un ponte, à l'Armement, un ami.

Il y eut un silence. Et puis Beauju partit d'un rire dont Tuffeau crut qu'il ne finirait pas. Le combiné en tremblait. « Arrête », dit Tuffeau, deux fois. Beauju pleurait de rire. « C'est un fonc... », essaya-t-il d'articuler. « ... un fonctionnaire qui t'a dit ça. » Ce n'était pas une question. « Seul un fonctionnaire de l'État a pu te dire une chose pareille. » Il reprenait son souffle. « C'est merveilleux. Surtout, ne va pas détromper ton ami. Croire que seuls les Américains ont le matériel dernier cri... » Il repartit d'un rire énorme. « Excuse-moi. Mais j'imagine mes clients, hilares quand je leur raconterai ça. Moi non plus, je ne vais pas te donner de noms. Mets-toi juste à la place d'un des cinq ou six hommes les plus riches du monde apprenant que les experts de l'État français sont persuadés qu'il s'équipe encore en camions GMC et en fusées Sam 5. »

Tuffeau se sentit très fatigué.

« Tu te fiches encore de moi », dit-il avec toute la vigueur qu'il put mobiliser.

Beauju ne riait plus.

« Mais pour qui me prends-tu ? Tu me fais de la peine, à ton tour. Je croyais qu'on se connaissait. Je te promets qu'il n'y aura pas un mort dans l'opération. Je te le jure.

— Tu me le jurerais par écrit ? dit faiblement Tuffeau.

— Je te fais une lettre sur-le-champ. Tiens, dicte-la-moi. Je te l'apporte demain. Je comprends un peu tard que tu es trop seul dans cette affaire. Je serai à Paris demain, dimanche, j'y resterai jusqu'à la fin de l'opération. Ça te va ? Allez, dicte-moi ta lettre.

— Trois lignes, dit Tuffeau. Tu sais bien, Je, soussigné, et cetera, déclare avoir passé un contrat moral avec Jean-Léger Tuffeau, deux points. L'opération prévue pour le 8 mars 1999 à l'aube, diligentée par lui, mais mise en œuvre par mes soins, ne causera pas la moindre perte en vies humaines. Souligné, pas la moindre. Et tu dates, eh bien, d'aujourd'hui. On est le combien ? le 27 ? Du samedi 27 février 99. Très important, la date.

— C'est noté, dit Beauju. Je t'apporte ça noir sur blanc demain, en fin d'après-midi. Donne-moi ton adresse.

— 3, rue du Sergent-Hoff. Au cinquième. Il n'y a pas de code sur la rue. Tu rentres, et à la deuxième porte, tu m'appelles par l'interphone.

— Bon. Tu n'as pas rendez-vous avec d'autres experts, au moins, d'ici là ? Grand fou. Au lieu de me faire confiance… Tu vas dormir, maintenant ?

— J'ai envie de dormir dix jours.

— C'est ce que tu aurais de mieux à faire. Allez, vieux. Je te sens rassuré. À demain. »

« Allô ? disait Benita. Le presbytère de Saint-Sernin ? Je sais qu'on est dimanche matin, et que vous avez beaucoup à faire, je vais être brève…

— … un jeune homme d'une vingtaine d'années, disait Anaïs, éclairagiste de son métier. Assez spécialisé dans l'architecture sacrée, oui, c'est pourquoi je me permets…

— … c'est urgent, disait Diego. Une raison professionnelle. Il faut qu'il revienne au plus vite à Paris. Comme il n'est jamais loin d'une abbaye ou d'une église, et qu'il devrait se trouver ces jours-ci dans les environs de Toulouse… »

Ils étaient assis tous les trois dans le grand salon du Manor, chacun dans un coin. Benita et Diego avaient leur portable. En deux gestes, et d'autorité, Anaïs avait découpé en trois l'annuaire de la Haute-Garonne. Chacun biffait au fur et à mesure sur les pages à lui imparties les paroisses, églises et cures où il avait joint quelqu'un

Le problème était, un dimanche matin, qu'un appel sur deux sonnait dans le vide. Les professionnels du culte étaient au charbon.

« Ça ira mieux à l'heure du déjeuner, assura Benita.

— Espérons, corrigea respectueusement Diego. Mon Dieu, bientôt onze heures. Si vous permettez, je vais aller à la messe, moi aussi.

— Allez, Diego », dit Benita.

Diego n'était pas loin d'avoir atteint au pur amour, mais un peu de soutien spirituel lui était encore nécessaire, dans la dernière ligne droite. Benita le savait. Plus que jamais elle était son étoile. Mais il l'aimait à présent d'un amour tout désintéressé. Il avait renoncé à se déclarer, jeté l'épaisse liasse de ses brouillons à la Seine, une nuit, du pont de Sèvres. Il n'attendait rien de sa reine, même plus de pouvoir ratisser le gravier sur ses talons, rien. Il restait juste une scorie dont il avait à dépouiller sa passion : c'était qu'il la savait sublime. Il fallait encore qu'il épure l'élan de son cœur de toute qualité, tout attribut. Après quoi Benita pourrait repartir, revenir, faire à nouveau appel à lui, ne plus jamais le voir, qu'importerait, il l'aimerait — ce qui s'appelle aimer.

Beauju trouva Tuffeau assis sur le paillasson, dans l'étroite entrée du 3, rue du Sergent-Hoff, face aux boîtes aux lettres.

« J'avais peur que tu ne mettes ta lettre dans ma boîte et que tu ne t'en ailles.

— Tu es là depuis combien de temps ? » demanda Beauju, s'asseyant à côté de son ami sur le crin.

« Une heure ou deux, dit Tuffeau. Je ne voulais pas te manquer. »

Il tira de sa poche une feuille de papier pliée en quatre.

« C'est la liste des questions que j'ai à te poser. Il était temps que tu arrives, elle ne cesse de s'allonger.

— Montons, dit Beauju, non ? J'ai trois choses pour toi. La lettre que tu m'as dictée, comme promis. Un téléphone portable — je ne sais pas si tu en as un. Et le numéro de *mon* portable. Tu pourras me joindre quand tu voudras. Je reste à Paris jusqu'au 8 au matin. Mais pour l'instant, je te propose un descriptif complet de l'opération. »

Il tapota une espèce de mallette en métal, qui rendit un son de boîte à gâteaux. Il avait un costume gris fer, à reflets métalliques aussi.

« J'ai apporté les cartes, les fiches techniques. On va tout voir, jusqu'au moindre détail. Je suis prêt à répondre à chacune de tes questions. J'ai la soirée devant moi, la nuit si tu veux. »

Lundi 1er mars. 7h40.

« Je te réveille ?

— Je t'ai dit que tu pouvais m'appeler à toute heure du jour ou de la nuit.

— Bon. Une précision : je pars quand, dans l'histoire ? J'ai deux ou trois trucs à régler, avant de disparaître. Il faut que je m'organise.

— Tu pars quarante-huit heures avant l'heure H.

— *Avant* ? Mais j'aurais voulu voir le... la...

— Tu es fou ? Voir quoi ? Aller où ? Choisir quelle ville plutôt que les autres ? Non. Il faut absolument que tu sois loin au moment où les choses se passeront. C'est le b.a-ba dans ce genre d'action. À peine on aura opéré, le pays sera bouclé, la police sur les dents. Le coup est prévu pour lundi, à l'aube, tu pars vendredi soir, vers sept heures.

— Pourquoi dès vendredi ?

— Tu voyages en deux temps. Premier temps, Paris-Genève. Quand même. Le samedi matin, tu vois Oscar Weiss. Tu lui donnes tes instructions pour le paiement du solde. En le quittant, tu te débarrasses de ton ancien passeport, Tuffeau n'est plus. Avec ton second billet d'avion et ton nouveau passeport, tu t'envoles pour ta nouvelle vie. Dès le dimanche soir, tu es devant un écran de télévision. Il ne devrait pas y avoir d'images en direct, par définition. Encore que, on ne sait jamais. Un insomniaque, un Caméscope. Par contre, le lundi matin, on peut espérer une diffusion mondiale. Je t'envoie dans un pays où il y a plus de vingt chaînes de télévision.

— Si tu me disais où c'est…

— Plus tard. Je reviens sur un mot que tu as eu. Tu as parlé de régler deux ou trois choses, fais gaffe. Certaines démarches sont parfaites pour donner l'alerte. Vider un compte en banque, résilier un abonnement, tu vois. À ta place, je ne réglerais rien du tout. C'est le grand avantage des vrais départs. Le grand plaisir, aussi. Et puis tu ne pars pas dans le désert. »

Lundi 1er mars. 8h23.

« Excuse-moi, j'ai mis un moment à entendre la sonnerie, je me rasais.

— Ce n'est pas grave. Dis-moi, j'emporte des dollars ?

— Je m'en occupe. Des dollars, oui. L'important, c'est que tu n'aies pas de chéquier, pas de carte de crédit, rien sur toi qui puisse permettre de t'identifier. Pas un papier, bien sûr, pas une lettre. Tu laisses tout derrière toi, sauf ton passeport Tuffeau, dont tu as besoin jusqu'à samedi matin, et que tu feras cramer dans un jardin public, à Genève, avant de repartir. Tu auras un passeport tout neuf à ton nouveau nom, très bien fait, l'air pas neuf du tout, plein de visas des années passées. »

Lundi 1er mars. 8h35.

« Je te dérange encore. Ne t'inquiète pas, ça ne va pas durer. Je pars au ministère, ça me sera plus difficile de t'appeler après neuf heures. Une question qui va te sembler un détail…

— Il n'y a pas de détail.

— C'est mon avis aussi. Tu me loges, au moins, à l'arrivée ?

— Ta chambre est réservée, au Hilton, pour une durée indéterminée. Très belle vue, tout confort. Tu seras comme un roi.

— Le Hilton ? J'ai toujours eu un train de vie raisonnable.

— Là-bas, c'est le Hilton ou le bouge. Et la chambre au Hilton est à un prix plus que raisonnable. Le coût de la vie est très inférieur à ce qu'il est en France. Prépare-toi à ne plus coucher que dans des palaces, à rouler en taxi, à dîner de poisson grillé au bord de piscines. C'est la belle vie, tu verras, dès qu'on a trois sous. En attendant, va à ton bureau, tu as raison. Ça te fera penser à autre chose. Et je te le répète : jusqu'au dernier moment, tu ne changes rien à tes habitudes, tu as les mêmes horaires, les mêmes activités.

— Si tu savais le retard que j'ai accumulé…

— Allez, va. Va. »

Lundi 1er mars. 9h20.

« Allô ?

— *Vous êtes en communication avec la messagerie vocale du : 06 00 00 00 06. Parlez après le signal sonore. Biiiiiiiiiiiiiiiiiiiiiiiiiiiiiiiii.*

— Ah, non, écoute. Je croyais que je pouvais t'appeler quand je voulais. Bon. Rappelle-moi le plus vite possible. J'ai une question. Tiens, je te la laisse. Tu m'as dit qu'il faisait chaud, là où je vais. Ce n'est pas un pays insalubre, au moins ? J'ai horreur des moustiques. Il faut sans doute que je me fasse faire des vaccins. Rappelle vite. »

Lundi 1er mars. 11h 8.

« *Vous êtes en communication avec la messagerie vocale du : 06 00 00 00 06. Parlez après le signal sonore. Biiiiiiiiiiiiiiiiiiiiiiiiiiiiiii.*

— Tu es toujours sur répondeur... Merde, écoute. J'avais deux autres questions. Premièrement : j'emporte le portable que tu m'as passé ? Ou bien c'est une trace, il faut éviter ? J'attends ta réponse. L'autre question est technique. Les machins que tu sais, en vol, ça fait du bruit ? On n'a pas parlé de cet aspect des choses. Tu comprends, est-ce que les gens ne seront pas réveillés avant l'impact, par un sifflement, un grondement, je ne sais pas ? »

Lundi 1er mars. 11h25.

« *Vous êtes en communication avec la messagerie vocale du : 06 00 00 00 06. Parlez après le signal sonore. Biiiiiiiiiiiiiiiiiiiiiiiiiiiiiii.*

— Cette fois, ce n'est pas une question. J'entre en réunion, à mon tour d'enclencher mon répondeur. Je serai en compagnie jusque vers une heure. Treize heures. Je t'appellerai à ce moment-là, j'espère bien tomber sur toi, pas sur ton double. »

Lundi 1er mars. 12h32.

« *Direction du Patrimoine, Jean-Léger Tuffeau. Laissez votre message. Merci.*

— Allô, il est midi et demi. J'ai bien noté que tu ne peux pas me parler jusqu'à treize heures. Mais moi, à ce moment-là, ce sera mon tour de ne plus être seul. Excuse-moi, tout à l'heure, de m'être mis sur répondeur sans t'avertir. J'ai pas mal à faire aujourd'hui, inutile de te faire un dessin. On m'appelle, j'ai des rendez-vous. Je préfère te parler sans témoin, moi aussi. Bon, je réponds dans l'ordre à tes questions, l'une après l'autre. Les vaccins, tu évites. Pour attirer l'attention sur un prochain départ, c'est épatant. Tu verras sur place, à l'arrivée. Deuxième point, le portable. Non, tu ne l'emportes pas. C'est un véritable clignotant signalétique, un portable, une balise Argos. J'ai prévu de récupérer le tien avant ton départ. Ensuite, au feu, ou à la flotte. Tu en achèteras un tout neuf dans ta thébaïde. Troisième point, tu exagères : on était convenus de ne plus aborder l'aspect technique des choses. On pourrait en parler jour et nuit. Au fond, tu voudrais avoir vu en film ce qui va se passer. Arrête un peu. Je t'ai tout dit. Fais-moi confiance. La difficulté, si tu veux le savoir, la vraie difficulté, c'est de préparer l'opération dans le secret et d'agir par surprise. Les Américains ont l'œil.

Camoufler les préparatifs, ça demande beaucoup d'équipements et d'astuce. On en est là, juste à cette phase. Ce n'est pas simple. Je suis très, très pris. Alors, s'il te plaît, groupe tes questions, et ne m'appelle pas toutes les demi-heures, d'accord ? À plus tard. Je serai directement accessible à partir de dix-sept heures, je pense, dix-huit heures au plus tard. »

Lundi 1er mars. 17h46.

« Allô, c'est toi ?

— C'est moi.

— Ça me fait du bien de te parler réellement. Tu es seul ?

— Si je décroche, c'est que je suis seul. Je t'écoute.

— Voilà. Encore une question sur le *lendemain*. Toi, de ton côté, est-ce que tu vas garder ton numéro de portable ? Ou faut-il que tu en changes ? Je vais avoir à te joindre, tu comprends.

— J'aurai un nouveau numéro. Tu partiras avec. Encore une fois, tout est prévu. Repose-toi un peu sur moi. Les questions que tu te poses, nous nous les sommes toutes posées. Elles ont toutes leur réponse.

— Je te laisse, je te laisse. »

Lundi 1er mars. 20h2.

« Tu es à table ? Je te dérange ?

— Tu ne me déranges pas. J'irai manger un morceau, mais beaucoup plus tard. Tu es rentré chez toi ?

— Oui. Entre parenthèses, je ne supporte plus ce cloaque. Ça va me faire un bien de changer de ciel… Dis donc, là-bas, imaginons que je tombe sur quelqu'un de connaissance. Je ne sais pas, au tennis, ou dans un restaurant. On dit que le monde est petit. Qu'est-ce que je fais ? Qu'est-ce que je raconte ?

— Question classique, à laquelle j'ai personnellement dû répondre, tu penses bien. Primo, l'expérience prouve que ça se passe très rarement. Tout bien considéré, le monde est grand. Deuzio, dans pareil cas, la consigne est d'éviter tout contact. Tu es pris d'une brutale envie de te laver les mains, tu te lèves et tu ne reviens pas. Enfin tertio, si le fâcheux te tombe sur le paletot sans que tu l'aies vu venir, c'est simple : tu fais l'imbécile. Tu ne comprends pas, on te prend pour un autre, tu n'as jamais vu ce quelqu'un qui t'aborde. Et là, tu ne bouges pas, tu ne vas pas te laver les mains. Tu es impassible. Tu verras, on ne revient pas à la charge. »

Lundi 1er mars. 21h27.

« Allô ?

— *Vous êtes en communication avec la messagerie vocale du : 06 00 00 00 06. Parlez après le signal sonore. Biiiiiiiiiiiiiiiiiiiiiiiiiiiiiiiiiii.*

— Oui. Tu as dû aller dîner. Ce n'était pas urgent. Je te rappellerai un peu plus tard. »

Lundi 1er mars. 23h.

« Allô ?

— *Vous êtes en communication avec la messagerie vocale du : 06 00 00 00 06. Parlez après le signal sonore. Biiiiiiiiiiiiiiiiiiiiiiiiiiiiiiiiiii.*

— Je te manque encore. Rien d'urgent, cette fois non plus. Écoute, je suis crevé, je vais essayer de dormir. Je te rappelle demain à sept heures et demie. Tu notes ? Sept heures et demie. Sois au bout du fil, s'il te plaît. Salut. »

Mardi 2 mars. 7h30.

« Tu es là ?

— C'est moi. As-tu un peu dormi ?

— Un peu. J'ai pensé à mes filles. J'ai deux filles, je te l'ai dit ? Pour le moment, ce sont deux pestes, mais ça peut changer. Il faudra que je les voie de temps en temps. Je ferai comment ? Tu as une idée ?

— Tu feras comme un bon papa divorcé qui vit à l'étranger, tu les inviteras. Une fois à l'île Maurice, une fois à Copacabana, une autre à Macao... Tu éviteras juste l'hexagone et les DOM-TOM.

— Je vois. Problème soluble, celui-là. Merci. »

Mardi 2 mars. 8h10.

« C'est toi ? Tu es toujours là ?

— Ça dépend de ce que tu appelles là. Je ne

suis plus là où tu m'as joint tout à l'heure. Mais je suis là pour toi. Vas-y.

— Voilà. Le samedi matin, à Genève, je ne vais quand même pas vider le compte de la Fondation. Ça paraîtrait bizarre.

— J'y ai pensé. Je suis d'accord. Je vais te faire une ristourne. Au lieu de cinquante millions, tu m'en feras virer quarante-cinq.

— Disons quarante-huit.

— À toi de voir. Et tu dis bien à Weiss qu'un nouveau dépôt de fonds sera fait très bientôt. C'est bon comme ça ?

— C'est bon. Je te laisse travailler.

— Tu vas à ton bureau ?

— J'y pars. »

Mardi 2 mars. 12h.

« *Vous êtes en communication avec la messagerie vocale du : 06 00 00 00 06. Parlez après le signal sonore. Biiiiiiiiiiiiiiiiiiiiiiiiiiiiiiiii.*

— Tu as vu, je t'ai laissé tranquille toute la matinée. J'ai une question qui va te sembler accessoire. Elle l'est. Tu les fais faire où, tes costumes ? Ils ont quelque chose de spécial. Je voudrais trouver les mêmes en France, je n'y arriverais pas. Ça me turlupine. Et toi, ça ne te coûterait rien de me répondre. Je jure que je n'en déduirai pas l'endroit où tu habites. »

Mardi 2 mars. 12h15.

« Allô ? Si je te dis Londres, Savile Row, tu me crois ?

— Non. Je ne te crois pas.

— Tu es vraiment le type très, très méfiant. Eh bien, je te dis Savile Row.

— Je ne te crois toujours pas. Pour autant, je n'exclus pas que tu vives à Londres. J'ai une autre question, excuse-moi, je reviens à la technique…

— Je t'arrête. On ne parle plus technique. C'était convenu.

— Bon. Je te laisse. »

Mardi 2 mars. 14h4.

« Allô ? Je suis content de te joindre. Tu as déjeuné ? Tu es sorti ?

— J'ai déjeuné, mais sans sortir, à la cantine du ministère.

— Il faut que je te voie rapidement.

— Il y a un problème ?

— De mon point de vue, non. Un contretemps, quand même. Écoute, retrouvons-nous d'ici vingt minutes dans les jardins du Palais-Royal. À la hauteur du grand bassin, au centre. Tu repères l'endroit ?

— Très bien. Il ne se passe rien de grave ?
— Je ne trouve pas ce qui se passe grave. À tout à l'heure. »

Beauju considérait les jets, au milieu du bassin, lorsque Tuffeau le rejoignit. Il avait un costume brun, bon, à la fois classique et, comment dire.

« Asseyons-nous », dit-il en désignant un banc, à deux pas, sous une ligne d'arbrisseaux.

Il n'y avait personne alentour, sinon, sur une chaise, les pieds sur le bord du bassin, une quinquagénaire assez déprimée, semblait-il, dont rien, ni sa coiffure ni son habillement, ne permettait de dire s'il s'agissait d'une styliste en vogue ou d'une femme à la dérive. Elle tenait en tout cas son litre et demi d'eau minérale comme un pochard son kil de rouge, devant elle, près du visage.

« Tu as acheté *Le Monde* du jour ? demanda Beauju en s'asseyant.

— Je n'y ai même pas pensé. Ton appel m'a un peu perturbé, je dois dire. »

Tuffeau s'était assis à son tour, après une hésitation et malgré la fiente de pigeon qui maculait le banc, à l'endroit laissé libre par son ami.

« Regarde plutôt », dit Beauju, qui avait grand ouvert *Le Monde*.

Deux pleines pages de publicité annonçaient en lettres d'or sur fond d'arcs-boutants noir et gris

UNE FONDATION
POUR LES CATHÉDRALES OUBLIÉES
CENT BEAUTÉS FRANÇAISES

et deux jours de fête ininterrompue devant chacune des cent cathédrales, « du samedi 6 mars à midi au lundi 8 à l'aube ».

Un petit socle de texte donnait le détail des réjouissances, « des éclairages insolites faisant voir ces cathédrales sous un jour nouveau », des films, des conférences, « des buffets fastueux pour tous, les deux jours durant » ; et la liste des cent cathédrales retenues par la Fondation, que Tuffeau reconnut car c'était la sienne, inchangée.

« Tout est par terre, dit-il.

— Pas du tout, dit Beauju, très ferme. On avance l'opération. On fait feu jeudi dans la nuit. Et toi, tu files sur-le-champ.

— Sur-le-champ ?

— Je t'ai apporté ton nouveau passeport, les deux billets d'avion et cinq cents dollars. Tu décolles à six heures et demie ce soir pour Genève. Tu as juste à prendre un rendez-vous avec Weiss pour demain matin.

— Et après Genève ? L'étape suivante ?

— Lagos. Tu y seras à l'abri jeudi matin.

— Lagos ? Au Nigeria ? Il paraît que c'est une ville terrifiante.

— Ceux qui disent ça n'y ont jamais mis les pieds. Ah, ce n'est pas l'Afrique des chromos, le Nigeria. Cent millions d'habitants, pas d'état civil — tu comprends ? pas de papiers d'identité, du pétrole à flots, des gratte-ciel, et la fortune à qui sait lui sourire. Bien, ne traînons pas. Tu as ton portable sur toi ? Je le récupère. Merci. Il faut que tu sois à cinq heures et demie au plus tard à Roissy. Si tu as le temps, repasse à ton bureau vers quatre heures. Donne le change. Mais d'ici là, compte une bonne heure de courses. Dès que tu auras ton rendez-vous avec Weiss, va faire un tour dans un grand magasin. Tu dois changer complètement d'allure. Achète-toi des vêtements que tu n'as jamais portés, que personne à l'aéroport ne puisse dire aux enquêteurs dans trois jours : Bien sûr, il est monté un haut fonctionnaire parisien dans le Paris-Genève de mardi soir. N'emporte rien. Prends juste dans un bagage à main ton costume, pour le rendez-vous avec Weiss demain. Allez, fais vite. Je ne t'accompagne pas, ça va de soi. Et puis moi aussi, j'ai pas mal à faire dans les heures qui viennent, tu imagines. Salut, vieux ! Nous ne sommes pas seuls, je ne peux pas te serrer dans mes bras. Mais j'en ai bien envie. »

J-L respira pour la première fois depuis qu'il avait perdu Beauju de vue, dans le champ de colonnes, Buren et autres, du Palais-Royal. Il était six heures cinq, il venait de passer en salle d'embarquement, et tout se déroulait comme prévu. Sans l'angoisse, qui persistait, de sentir une main l'attraper au collet, il aurait nagé dans l'ivresse. Il commençait à peine à goûter au bonheur d'être un autre, et il pressentait que ce pouvait être là une vraie béatitude.

Il avait un peu tiqué en voyant son nouveau nom sur son nouveau passeport, Paul-Pierre Mérimée. Mais il n'avait pas le choix. Et puis le clin d'œil était joli. Il s'habituerait.

Par contre, il ne resterait pas longtemps sapé comme il l'était.

« Vous voulez être relooké, en un mot ? » avait dit, après l'avoir écouté, perplexe, un moment, la très jeune vendeuse à qui il s'était adressé, chez Brummel, « Laissez-moi faire ». Tout à coup, voyant son reflet dans une vitre de la salle d'embarquement, Tuffeau se demanda si elle ne s'était pas payé sa tête.

Il se laissa tomber dans un fauteuil. C'était bon, aussi, de n'avoir aucun bagage. Juste un sac en plastique avec un costume gris, pour le rendez-vous à la banque. Et un portefeuille. Jean-Léger tâta sa poche de poitrine. Un portefeuille bien rempli.

« Vous alors », dit à son oreille une voix assourdie.

J-L sentit ses poumons se bloquer. L'homme qui s'était assis à son côté lui souriait de toutes ses rides.

« Vous partez pour Genève ? Il y a de ces coïncidences ! Personnellement, je ne ferai que passer en Suisse. C'est quand même drôle. Je vous félicite pour votre tenue, et vous souhaite bon vent. Sur ce, vous conviendrez avec moi qu'il vaut mieux que nous ne nous affichions pas ensemble. Je vous quitte, et vous prie à l'avance de m'excuser de la froideur que je vous témoignerai dans l'avion, si d'aventure je vous y croise. »

L'inconnu se leva. Tuffeau suffoquait. Il n'arrivait pas à mettre un nom sur l'ondulant septuagénaire moulé dans un pantalon de cuir noir et torse nu sous un gilet de même matière, tout comme le blouson accroché par un doigt à son épaule. Il était à la limite de l'étouffement quand il comprit pourquoi : il n'avait jamais su le nom de cet homme qu'il reconnaissait maintenant. C'était le vieux grigou de la Cour des comptes, son conseiller en enrichissement express.

Beauju se dirigea vers le hall D. Il avait vu ce qu'il voulait voir dans le hall F. Lui s'était mis un pardessus grisâtre sur le dos, un béret sur le crâne et sur le nez, des lunettes à double foyer, dans le style vieux pion éternel.

Il voulait être sûr que Tuffeau s'envolait bien pour Genève. C'était presque chose faite, il venait de le voir passer le dernier contrôle avant l'embarquement. De la galerie vitrée qui menait de F en D, il verrait son avion s'écarter de l'aérogare et gagner lentement les pistes.

Il était arrivé à Roissy à cinq heures, et avait failli s'inquiéter, ne trouvant pas celui qu'il cherchait. Quand il l'avait reconnu, il avait eu du mal à ne pas éclater de rire. Tuffeau était en adolescent des années 90, pantalon kaki informe et couvert de poches, T-shirt noir, dépassant d'un polaire à capuche, casquette à l'envers, lunettes jaunes — méconnaissable.

Beauju s'approcha de la baie vitrée. De là, il voyait les avions abouchés à l'aérogare, tétant paisiblement leur ration de passagers. Il était le seul, apparemment, que ce spectacle intéressait. Derrière lui, les tapis roulants ne roulaient presque personne, un voyageur au petit trot, trois employés de l'aéroport attentifs au contraire à laisser le tapis marcher pour eux. Il sortit son portable.

« Allô ? dit-il. Je regrette que tu ne sois pas ici. La tronche que s'est faite ce connard ! Je te raconterai. Déguisé en petit gars des banlieues. Ça, il s'est changé ! Écoute, jusqu'à présent, tout va bien. Il ne va pas tarder à embarquer. Son avion décolle dans vingt minutes, et le mien trois quarts d'heure après. Tu viens me prendre à l'aéroport. J'arrive en principe à dix heures et quart. Tu sais ce qui me ferait plaisir, dans les deux heures qui suivront ? Ce serait un bon gueuleton et un bon bain... Oui, je suis au Terminal 2, dans l'espèce de galerie entre le hall D et le hall F, tu sais, d'où on voit les avions sur le départ. J'attends que le sien se mette en branle. Un Airbus d'Air France, je l'ai à l'œil. Il est à cent mètres. Ensuite, j'irai faire un tour à la salle d'embarquement, histoire de vérifier que mon Tutu n'est pas resté en arrière. Et j'oublierai ce salopard.

« Non, je vais encore m'interroger sur lui vingt-quatre heures. Je suis curieux de savoir ce qu'il va dire à Weiss. J'ai la quasi-certitude qu'il va me faire virer le solde. Quasi. Peut-être qu'il est plus fort qu'il ne paraît, que c'est une vraie crapule, qu'il a compris à quoi sert une société écran et qu'il va garder pour lui les quarante-huit briques. Mais quelque chose me dit que non — qu'il va gentiment donner l'ordre de me faire virer le tout, et qu'aussitôt après il ira bouffer son passeport Tuffeau dans un square. Ça ne me le rendrait pas plus sympathique. Cette ordure. Vouloir faire sauter les cathédrales françaises ! Quand c'est la société capitaliste, qu'il faut abattre... Les cathédrales, tu te rends compte ? Je ne me suis jamais fait d'illusions sur le libéralisme, je croyais connaître son cynisme et son inventivité. Mais là, je dois dire, j'en reste pantois. »

DU MÊME AUTEUR

Aux Éditions Gallimard

LES CHAMBRES DU SUD, roman, 1981

LE PREMIER PAS D'AMANTE, roman, 1983

LE COIN DU VOILE, roman, 1996 (Folio n° 3104)

LA FEMME DU PREMIER MINISTRE, roman, 1998 (Folio n° 3403)

LE MOBILIER NATIONAL, 2001
(Folio n° 3665)

Aux Éditions du Seuil

18 H 35 : GRAND BONHEUR, roman, 1991

UN FRÈRE, roman, 1994

Aux Éditions Huguette Bouchardeau

LA TERRE DES FOLLES, 1995

Aux Éditions Albin Michel

LA RÉVOLUTION DU TEMPS CHOISI, *en collaboration avec Jean-Baptiste de Foucauld et le club Échanges et projets, 1980*

COLLECTION FOLIO

Dernières parutions

3337. Angela Huth	*L'invitation à la vie conjugale.*
3338. Angela Huth	*Les filles de Hallows Farm.*
3339. Luc Lang	*Mille six cents ventres.*
3340. J.M.G. Le Clézio	*La fête chantée.*
3341. Daniel Rondeau	*Alexandrie.*
3342. Daniel Rondeau	*Tanger.*
3343. Mario Vargas Llosa	*Les carnets de Don Rigoberto.*
3344. Philippe Labro	*Rendez-vous au Colorado.*
3345. Christine Angot	*Not to be.*
3346. Christine Angot	*Vu du ciel.*
3347. Pierre Assouline	*La cliente.*
3348. Michel Braudeau	*Naissance d'une passion.*
3349. Paule Constant	*Confidence pour confidence.*
3350. Didier Daeninckx	*Passages d'enfer.*
3351. Jean Giono	*Les récits de la demi-brigade.*
3352. Régis Debray	*Par amour de l'art.*
3353. Endô Shûsaku	*Le fleuve sacré.*
3354. René Frégni	*Où se perdent les hommes.*
3355. Alix de Saint-André	*Archives des anges.*
3356. Lao She	*Quatre générations sous un même toit II.*
3357. Bernard Tirtiaux	*Le puisatier des abîmes.*
3358. Anne Wiazemsky	*Une poignée de gens.*
3359. Marguerite de Navarre	*L'Heptaméron.*
3360. Annie Cohen	*Le marabout de Blida.*
3361. Abdelkader Djemaï	*31, rue de l'Aigle.*
3362. Abdelkader Djemaï	*Un été de cendres.*
3363. J.P. Donleavy	*La dame qui aimait les toilettes propres.*
3364. Lajos Zilahy	*Les Dukay.*
3365. Claudio Magris	*Microcosmes.*
3366. Andreï Makine	*Le crime d'Olga Arbélina.*
3367. Antoine de Saint-Exupéry	*Citadelle (édition abrégée).*
3368. Boris Schreiber	*Hors-les-murs.*

3369.	Dominique Sigaud	*Blue Moon.*
3370.	Bernard Simonay	*La lumière d'Horus (La première pyramide III).*
3371.	Romain Gary	*Ode à l'homme qui fut la France.*
3372.	Grimm	*Contes.*
3373.	Hugo	*Le Dernier Jour d'un Condamné.*
3374.	Kafka	*La Métamorphose.*
3375.	Mérimée	*Carmen.*
3376.	Molière	*Le Misanthrope.*
3377.	Molière	*L'École des femmes.*
3378.	Racine	*Britannicus.*
3379.	Racine	*Phèdre.*
3380.	Stendhal	*Le Rouge et le Noir.*
3381.	Madame de Lafayette	*La Princesse de Clèves.*
3382.	Stevenson	*Le Maître de Ballantrae.*
3383.	Jacques Prévert	*Imaginaires.*
3384.	Pierre Péju	*Naissances.*
3385.	André Velter	*Zingaro suite équestre.*
3386.	Hector Bianciotti	*Ce que la nuit raconte au jour.*
3387.	Chrystine Brouillet	*Les neuf vies d'Edward.*
3388.	Louis Calaferte	*Requiem des innocents.*
3389.	Jonathan Coe	*La Maison du sommeil.*
3390.	Camille Laurens	*Les travaux d'Hercule.*
3391.	Naguib Mahfouz	*Akhénaton le renégat.*
3392.	Cees Nooteboom	*L'histoire suivante.*
3393.	Arto Paasilinna	*La cavale du géomètre.*
3394.	Jean-Christophe Rufin	*Sauver Ispahan.*
3395.	Marie de France	*Lais.*
3396.	Chrétien de Troyes	*Yvain ou le Chevalier au Lion.*
3397.	Jules Vallès	*L'Enfant.*
3398.	Marivaux	*L'Île des Esclaves.*
3399.	R.L. Stevenson	*L'Île au trésor.*
3400.	Philippe Carles et Jean-Louis Comolli	*Free jazz, Black power.*
3401.	Frédéric Beigbeder	*Nouvelles sous ecstasy.*
3402.	Mehdi Charef	*La maison d'Alexina.*
3403.	Laurence Cossé	*La femme du premier ministre.*
3404.	Jeanne Cressanges	*Le luthier de Mirecourt.*
3405.	Pierrette Fleutiaux	*L'expédition.*
3406.	Gilles Leroy	*Machines à sous.*
3407.	Pierre Magnan	*Un grison d'Arcadie.*

3408.	Patrick Modiano	*Des inconnues.*
3409.	Cees Nooteboom	*Le chant de l'être et du paraître*
3410.	Cees Nooteboom	*Mokusei !*
3411.	Jean-Marie Rouart	*Bernis le cardinal des plaisirs.*
3412.	Julie Wolkenstein	*Juliette ou la paresseuse.*
3413.	Geoffrey Chaucer	*Les Contes de Canterbury.*
3414.	Collectif	*La Querelle des Anciens et des Modernes.*
3415.	Marie Nimier	*Sirène.*
3416.	Corneille	*L'Illusion Comique.*
3417.	Laure Adler	*Marguerite Duras.*
3418.	Clélie Aster	*O.D.C.*
3419.	Jacques Bellefroid	*Le réel est un crime parfait, Monsieur Black.*
3420.	Elvire de Brissac	*Au diable.*
3421.	Chantal Delsol	*Quatre.*
3422.	Tristan Egolf	*Le seigneur des porcheries.*
3423.	Witold Gombrowicz	*Théâtre.*
3424.	Roger Grenier	*Les larmes d'Ulysse.*
3425.	Pierre Hebey	*Une seule femme.*
3426.	Gérard Oberlé	*Nil rouge.*
3427.	Kenzaburô Ôé	*Le jeu du siècle.*
3428.	Orhan Pamuk	*La vie nouvelle.*
3429.	Marc Petit	*Architecte des glaces.*
3430.	George Steiner	*Errata.*
3431.	Michel Tournier	*Célébrations.*
3432.	Abélard et Héloïse	*Correspondances.*
3433.	Charles Baudelaire	*Correspondance.*
3434.	Daniel Pennac	*Aux fruits de la passion.*
3435.	Béroul	*Tristan et Yseut.*
3436.	Christian Bobin	*Geai.*
3437.	Alphone Boudard	*Chère visiteuse.*
3438.	Jerome Charyn	*Mort d'un roi du tango.*
3439.	Pietro Citati	*La lumière de la nuit.*
3440.	Shûsaku Endô	*Une femme nommée Shizu.*
3441.	Frédéric. H. Fajardie	*Quadrige.*
3442.	Alain Finkielkraut	*L'ingratitude.* Conversation sur notre temps
3443.	Régis Jauffret	*Clémence Picot.*
3444.	Pascale Kramer	*Onze ans plus tard.*
3445.	Camille Laurens	*L'Avenir.*

3446. Alina Reyes	*Moha m'aime.*
3447. Jacques Tournier	*Des persiennes vert perroquet.*
3448. Anonyme	*Pyrame et Thisbé, Narcisse, Philomena.*
3449. Marcel Aymé	*Enjambées.*
3450. Patrick Lapeyre	*Sissy, c'est moi.*
3451. Emmanuel Moses	*Papernik.*
3452. Jacques Sternberg	*Le cœur froid.*
3453. Gérard Corbiau	*Le Roi danse.*
3455. Pierre Assouline	*Cartier-Bresson (L'œil du siècle).*
3456. Marie Darrieussecq	*Le mal de mer.*
3457. Jean-Paul Enthoven	*Les enfants de Saturne.*
3458. Bossuet	*Sermons. Le Carême du Louvre.*
3459. Philippe Labro	*Manuella.*
3460. J.M.G. Le Clézio	*Hasard* suivi de *Angoli Mala.*
3461. Joëlle Miquel	*Mal-aimés.*
3462. Pierre Pelot	*Debout dans le ventre blanc du silence.*
3463. J.-B. Pontalis	*L'enfant des limbes.*
3464. Jean-Noël Schifano	*La danse des ardents.*
3465. Bruno Tessarech	*La machine à écrire.*
3466. Sophie de Vilmorin	*Aimer encore.*
3467. Hésiode	*Théogonie* et autres poèmes.
3468. Jacques Bellefroid	*Les étoiles filantes.*
3469. Tonino Benacquista	*Tout à l'ego.*
3470. Philippe Delerm	*Mister Mouse.*
3471. Gérard Delteil	*Bugs.*
3472. Benoît Duteurtre	*Drôle de temps.*
3473. Philippe Le Guillou	*Les sept noms du peintre.*
3474. Alice Massat	*Le Ministère de l'intérieur.*
3475. Jean d'Ormesson	*Le rapport Gabriel.*
3476. Postel & Duchâtel	*Pandore et l'ouvre-boîte.*
3477. Gilbert Sinoué	*L'enfant de Bruges.*
3478. Driss Chraïbi	*Vu, lu, entendu.*
3479. Hitonari Tsuji	*Le Bouddha blanc.*
3480. Denis Diderot	*Les Deux amis de Bourbonne* (à paraître).
3481. Daniel Boulanger	*Le miroitier.*
3482. Nicolas Bréhal	*Le sens de la nuit.*

3483.	Michel del Castillo	*Colette, une certaine France.*
3484.	Michèle Desbordes	*La demande.*
3485.	Joël Egloff	*«Edmond Ganglion & fils».*
3486.	Françoise Giroud	*Portraits sans retouches (1945-1955).*
3487.	Jean-Marie Laclavetine	*Première ligne.*
3488.	Patrick O'Brian	*Pablo Ruiz Picasso.*
3489.	Ludmila Oulitskaïa	*De joyeuses funérailles.*
3490.	Pierre Pelot	*La piste du Dakota.*
3491.	Nathalie Rheims	*L'un pour l'autre.*
3492	Jean-Christophe Rufin	*Asmara et les causes perdues.*
3493.	Anne Radcliffe	*Les Mystères d'Udolphe.*
3494.	Ian McEwan	*Délire d'amour.*
3495.	Joseph Mitchell	*Le secret de Joe Gould.*
3496.	Robert Bober	*Berg et Beck.*
3497.	Michel Braudeau	*Loin des forêts.*
3498.	Michel Braudeau	*Le livre de John.*
3499.	Philippe Caubère	*Les carnets d'un jeune homme.*
3500.	Jerome Charyn	*Frog.*
3501.	Catherine Cusset	*Le problème avec Jane.*
3502.	Catherine Cusset	*En toute innocence.*
3503.	Marguerite Duras	*Yann Andréa Steiner.*
3504.	Leslie Kaplan	*Le Psychanalyste.*
3505.	Gabriel Matzneff	*Les lèvres menteuses.*
3506.	Richard Millet	*La chambre d'ivoire...*
3507.	Boualem Sansal	*Le serment des barbares.*
3508.	Martin Amis	*Train de nuit.*
3509.	Andersen	*Contes choisis.*
3510.	Defoe	*Robinson Crusoé.*
3511.	Dumas	*Les Trois Mousquetaires.*
3512.	Flaubert	*Madame Bovary.*
3513.	Hugo	*Quatrevingt-treize.*
3514.	Prévost	*Manon Lescaut.*
3515.	Shakespeare	*Roméo et Juliette.*
3516.	Zola	*La Bête humaine.*
3517.	Zola	*Thérèse Raquin.*
3518.	Frédéric Beigbeder	*L'amour dure trois ans.*
3519.	Jacques Bellefroid	*Fille de joie.*
3520.	Emmanuel Carrère	*L'Adversaire.*
3521.	Réjean Ducharme	*Gros Mots.*
3522.	Timothy Findley	*La fille de l'Homme au Piano.*

3523.	Alexandre Jardin	*Autobiographie d'un amour.*
3524.	Frances Mayes	*Bella Italia.*
3525.	Dominique Rolin	*Journal amoureux.*
3526.	Dominique Sampiero	*Le ciel et la terre.*
3527.	Alain Veinstein	*Violante.*
3528.	Lajos Zilahy	*L'Ange de la Colère (Les Dukay tome II).*
3529.	Antoine de Baecque et Serge Toubiana	*François Truffaut.*
3530.	Dominique Bona	*Romain Gary.*
3531.	Gustave Flaubert	*Les Mémoires d'un fou. Novembre. Pyrénées-Corse. Voyage en Italie.*
3532.	Vladimir Nabokov	*Lolita.*
3533.	Philip Roth	*Pastorale américaine.*
3534.	Pascale Froment	*Roberto Succo.*
3535.	Christian Bobin	*Tout le monde est occupé.*
3536.	Sébastien Japrisot	*Les mal partis.*
3537.	Camille Laurens	*Romance.*
3538.	Joseph Marshall III	*L'hiver du fer sacré.*
3540	Bertrand Poirot-Delpech	*Monsieur le Prince*
3541.	Daniel Prévost	*Le passé sous silence.*
3542.	Pascal Quignard	*Terrasse à Rome.*
3543.	Shan Sa	*Les quatre vies du saule.*
3544.	Eric Yung	*La tentation de l'ombre.*
3545.	Stephen Marlowe	*Octobre solitaire.*
3546.	Albert Memmi	*Le Scorpion.*
3547.	Tchékhov	*L'Île de Sakhaline.*
3548.	Philippe Beaussant	*Stradella.*
3549.	Michel Cyprien	*Le chocolat d'Apolline.*
3550.	Naguib Mahfouz	*La Belle du Caire.*
3551.	Marie Nimier	*Domino.*
3552.	Bernard Pivot	*Le métier de lire.*
3553.	Antoine Piazza	*Roman fleuve.*
3554.	Serge Doubrovsky	*Fils.*
3555.	Serge Doubrovsky	*Un amour de soi.*
3556.	Annie Ernaux	*L'événement.*
3557.	Annie Ernaux	*La vie extérieure.*
3558.	Peter Handke	*Par une nuit obscure, je sortis de ma maison tranquille.*
3559.	Angela Huth	*Tendres silences.*

3560. Hervé Jaouen — *Merci de fermer la porte.*
3561. Charles Juliet — *Attente en automne.*
3562. Joseph Kessel — *Contes.*
3563. Jean-Claude Pirotte — *Mont Afrique.*
3564. Lao She — *Quatre générations sous un même toit III.*
3565 Dai Sijie — *Balzac et la petite tailleuse chinoise.*
3566 Philippe Sollers — *Passion fixe.*
3567 Balzac — *Ferragus 1833.*
3568 Marc Villard — *Un jour je serai latin lover.*
3569 Marc Villard — *J'aurais voulu être un type bien.*
3570 Alessandro Baricco — *Soie.*
3571 Alessandro Baricco — *City.*
3572 Ray Bradbury — *Train de nuit pour Babylone.*
3573 Jerome Charyn — *L'homme de Montezuma.*
3574 Philippe Djian — *Vers chez les blancs.*
3575 Timothy Findley — *Le chasseur de têtes.*
3576 René Fregni — *Elle danse dans le noir.*
3577 François Nourissier — *À défaut de génie.*
3578 Boris Schreiber — *L'excavatrice.*
3579 Denis Tillinac — *Les masques de l'éphémère.*
3580 Frank Waters — *L'homme qui a tué le cerf.*
3581 Anonyme — *Sindbâd de la mer et autres contes.*
3582 François Gantheret — *Libido omnibus.*
3583 Ernest Hemingway — *La vérité à la lumière de l'aube.*
3584 Régis Jauffret — *Fragments de la vie des gens.*
3585 Thierry Jonquet — *La vie de ma mère!*
3586 Molly Keane — *L'amour sans larmes.*
3587 Andreï Makine — *Requiem pour l'Est.*
3588 Richard Millet — *Lauve le pur.*
3589 Gina B. Nahai — *Roxane.*
3590 Pier Paolo Pasolini — *Les anges distraits.*
3591 Pier Paolo Pasolini — *L'odeur de l'Inde.*
3592 Sempé — *Marcellin Caillou.*
3593 Bruno Tessarech — *Les grandes personnes.*
3594 Jacques Tournier — *Le dernier des Mozart.*
3595 Roger Wallet — *Portraits d'automne.*
3596 Collectif — *Le nouveau testament.*
3597 Raphaël Confiant — *L'archet du colonel.*

3598 Remo Forlani — *Emile à l'hôtel.*
3599 Chris Offutt — *Le fleuve et l'enfant.*
3600 Parc Petit — *Le Troisième Faust.*
3601 Roland topor — *Portrait en pied de Suzanne.*
3602 Roger Vaillant — *La fête.*
3603 Roger Vaillant — *La truite.*
3604 Julian Barnes — *England,England.*
3605 Rabah Belamri — *Regard blessé.*
3606 François Bizot — *Le portail.*
3607 Olivier Bleys — *Pastel.*
3608 Larry Brown — *Père et fils.*
3609 Albert Camus — *Réflexions sur la peine capitale.*
3610 Jean-Marie Colombani — *Les infortunes de la République.*
3611 Maurice G. Dantec — *Le théâtre des opérations.*
3612 Michael Frayn — *Tête baissée.*
3613 Adrian C. Louis — *Colères sioux.*
3614 Dominique Noguez — *Les Martagons.*
3615 Jérome Tonnerre — *Le petit voisin.*
3616 Victor Hugo — *L'Homme qui rit.*
3617 Frédéric Boyer — *Une fée.*
3618 Aragon — *Le collaborateur.*
3619 Tonino Benaquista — *La boîte noire.*
3620 Ruth Rendell — *L'Arbousier.*
3621 Truman Capote — *Cercueils sur mesure.*
3622 Francis Scott Fitzgerald — *La sorcière rousse.*
3623 Jean Giono — *Arcadie...Arcadie.*
3624 Henry James — *Daisy Miller.*
3625 Franz Kafka — *Lettre au père.*
3626 Joseph Kessel — *Makhno et sa juive.*
3627 Lao She — *Histoire de ma vie.*
3628 Ian McEwan — *Psychopolis et autres nouvelles.*
3629 Yukio Mishima — *Dojoji et autres nouvelles.*
3630 Philip Roth — *L'habit ne fait pas le moine .*
3631 Leonardo Sciascia — *Mort de L'Inquisiteur.*
3632 Didier Daeninckx — *Leurre de vérité et autres nouvelles.*
3633. Muriel Barbery — *Une gourmandise*
3634. Alessandro Baricco — *Novecento : pianiste*
3635. Philippe Beaussant — *Le Roi-Soleil se lève aussi*
3636. Bernard Comment — *Le colloque des bustes*
3637. Régine Detambel — *Graveurs d'enfance*

3638. Alain Finkielkraut	*Une voix vient de l'autre rive*
3639. Patrice Lemire	*Pas de charentaises pour Eddy Cochran*
3640. Harry Mulisch	*La découverte du ciel*
3641. Boualem Sansal	*L'enfant fou de l'arbre creux*
3642. J.B. Pontalis	*Fenêtres*
3643. Abdourahman A. Waberi	*Balbala*
3644. Alexandre Dumas	*Le Collier de la reine*
3645. Victor Hugo	*Notre-Dame de Paris*
3646. Hector Bianciotti	*Comme la trace de l'oiseau dans l'air*
3647. Henri Bosco	*Un rameau de la nuit*
3648. Tracy Chevalier	*La jeune fille à la perle*
3649. Rich Cohen	*Yiddish Connection*
3650. Yves Courrière	*Jacques Prévert*
3651. Joël Egloff	*Les Ensoleillés*
3652. René Frégni	*On ne s'endort jamais seul*
3653. Jérôme Garcin	*Barbara, claire de nuit*
3654. Jacques Lacarrière	*La légende d'Alexandre*
3655. Susan Minot	*Crépuscule*
3656. Erik Orsenna	*Portrait d'un homme heureux*
3657. Manuel Rivas	*Le crayon du charpentier*
3658. Diderot	*Les deux amis de Bourbonne*
3659. Stendhal	*Lucien Leuwen*
3660. Alessandro Baricco	*Constellations*
3661. Pierre Charras	*Comédien*
3663. Gérard de Cortanze	*Hemingway à Cuba*
3664. Gérard de Cortanze	*J. M. G. Le Clézio*
3665. Laurence Cossé	*Le Mobilier national*
3666. Olivier Frébourg	*Maupassant, le clandestin*
3667. J.M.G. Le Clézio	*Cœur brûle* et autres romances
3668. Jean Meckert	*Les coups*
3669. Marie Nimier	*La nouvelle pornographie*
3670. Isaac B. Singer	*Ombres sur l'Hudson*
3671. Guy Goffette	*Elle, par bonheur, et toujours nue*
3672. Victor Hugo	*Théâtre en liberté*
3673. Pascale Lismonde	*Les arts à l'école. Le plan de Jack Lang et Catherine Tasca*
3674. Collectif	*« Il y aura une fois ». Une anthologie du Surréalisme*

Composition Nord Compo.
Impression Bussière Camedan Imprimeries
à Saint-Amand (Cher), le 20 avril 2002.
Dépôt légal : avril 2002.
Numéro d'imprimeur : 021906/1.
ISBN 2-07-042489-8./Imprimé en France.

12513